드라마가
그녀에게

드라마가
그녀에게

NG 없이 살고 싶은
여자들의
드라마 인생 상담

앨리스

드라마에게, 내 삶의 사람들에게

오랫동안 드라마는, 나를 보고 웃어주지 않는 사랑하는 남자의 뒷모습 같았다.

나는 내내 얼마만큼의 거리를 두고 그 뒷모습을 바라보았다. 언제쯤 돌아보고 웃어줄까, 가슴이 조마조마했다. 때로는 그 모진 등이 야속해서 접자, 그냥 내 마음을 접고 말자, 했던 적도 여러 번이었다. 그러나 돌아볼 듯 말 듯한, 그의 보일 듯 말 듯한 옆얼굴은 늘 시리게 아름다워서, 그 야윈 등에 가슴이 쿵 내려앉아서, 아, 나는 어쩌면 죽을 때까지 이 마음을 접지 못하겠구나, 그랬다. 한 번만, 딱 한 번만 그가 무정한 걸음을 멈추고 고개를 돌려 내게 미소 지어준다면, 그 찬란함으로 그간의 모든 서운함은 눈 녹듯 사라질 것이었다. 그러나 나와 드라마 사이의 거리는 좀처럼 좁혀지지 않았다. 언제부터였을까, 그의 등을 보는 내 눈빛에 서러움과 원망이 비치기 시작한 것은.

나로 말하자면 모든 결론이 '일단 나부터 생각하자'로 돌아와버리는 자기중심적인 인간이어서, 짝사랑은 별로 해본 적도 없거니와 할 능력도 안 된다. 잠깐 좋아하다가, 에이, 아닌가, 시간낭비하지 말자, 이러면서 어느 틈에 다른 곳을 두리번거리고 있는 것이다. 그런데 유독 드라마에 대해서만, 이 기약 없는 짝사랑을 어쩌면 좋단 말인가.

특히 올해는 여러 가지로 마음이 많이 부서져서, 멍하니 지난 드라마를 다시 보는 일이 잦았다. 이미 결과를 알고 있는 이야기들에 여전히 흔들리는 나 자신이 한심했다. '최선을 다해서 너를 바라봤는데 너는 한 번도 나에게 곁을 준 적이 없어.' 뭔가, 몹시 분했다. '기다림 말고, 역시 나는 안 되는 건가 하는 좌절감 말고, 네가 나한테 준게 뭐야. 도대체 나한테 남은 게 뭐야.'

그에게 전화를 걸었다.

한때 나의 연인이었지만 오랫동안 연락이 끊어졌던 남자에게.

여름의 일요일이었다. 나는 먼지 날리는 거리에 우두커니 서 있었다. 또 바닥인가, 생각했다. 또 바닥이라니, 칼끝 위에 선 기분이었다. 내 인생의 바닥은 이미 지나왔다고 믿었다. 바닥을 쳤으니 이제 올라갈 일만 남았어, 작고 어두운 방에서 애써 나를 다독였었다. 그런데, 내가 딛고 있는 이곳이, 지금 내 발가락이 더듬고 있는 이 질척하고 까마득한 여기가 바닥이 아니라면 도대체 어디가 바닥이란 말인가.

사고 후에 119를 찾듯 절박하게, 말할 사람이 필요했다.

순간 내 머릿속에 떠오른 이름이 그였다. 하필 왜 이 사람인 거지, 스스로도 의아했다. 오래전 과거가 되었던 남자의 이름은 머리를 흔들어도 사라지지 않았다. 설마 하며 휴대폰을 뒤져보니 기적처럼 그의 번호가 보였다. 그래서 나는, 뭐 어때, 이것도 운명이라면 운명인 거지, 그 사이 전화번호가 바뀌었다면 할 수 없는 거고, 하면서 통화 버튼을 눌러버린 것이다.

"여보세요."

그의 목소리가 들리자 맥이 탁 풀렸다. 그리고 예상할 수 없었던 일이 발생했다. 내가 울기 시작한 것이다. 짧은 침묵 후에 그의 말이 들렸다.

"너 지금 어디야?"

몇 년 만에 이뤄진 우리의 대면은 한 시간여 만에 끝났다. 그에게 선약이 있었기 때문이다. 네 연락이 너무 갑자기 오는 바람에 다른 약속을 조정할 겨를이 없었어, 라고 그는 미안한 듯 말했다. 아냐, 괜찮아, 내가 대답했다. 그걸로 충분히 고마워.

우리는 커피를 마시면서 대화를 나눴을 뿐이다. 서로에 대해 잘 알고 있으니 별다른 부연설명이 필요 없었다. 너는 그런 스타일이니까, 안 그랬으면 네가 아니지, 라고 그는 심상하게 말해주었다. 위로해준답시고 호들갑떨지 않고, 해결사 노릇을 자처하지도 않고, 그냥 내 앞에 앉아 있어주었다.

그래서 카페를 나와 전철역에서 그와 헤어지던 순간, 망가졌다 생각한 내 삶이 어쩌면 괜찮은 것 아닌가 싶었다. 끝은 곧 새로운 시작이니까, 끝났으니 이제는, 조금 숨을 고르더라도, 시작도 할 수 있을 거라고. 남은 생에서 다시 그에게 전화를 걸 일은 없을지 몰라도, 그의 얼굴을 마주보는 것이 지금이 정말로 마지막일 수도 있겠지만, 한때 내가 사랑했던 그는 여전히 그 자리에 있음을 알았다. 그와 헤어진 후 내가 겪은 수많은 일들에도 불구하고, 잃어버린 것은 없었다. 좋은 것, 나쁜 것, 좋았지만 나쁜 줄 알았던 것, 나빴지만 좋다고 착각했던 것, 그 모든 것들이 고스란히 그 자리에 있었다. 아무것도 사라지지 않았다.

그러니까, 나는 헛산 게 아니었다. 열심히 살았는데 남은 게 뭐야, 손에 쥔 게 아무 것도 없잖아 하고 울컥했는데, 내가 지나온 것들은 모두 그 자리에 있었다. 전철역의 사람들 속으로 사라지는 그의 뒷모습을 보면서 나는, 안전하다고 느꼈다.

어느새 겨울이 되었다.

예상하지 않아도, 대비하지 않아도, 계절은 어김없이 오고야 만다. 창 밖에서 하얀 입김을 뿜으며 눈길 위를 종종걸음 치는 사람들을 보면서, 눈은 좋지만 빙판길은 정말 싫어, 그렇지 않아? 하고 말하는 시간이, 마치 원래 계절은 겨울이었어, 하는 것처럼 당연하게.

책 속의 장면들과 그 안에 등장하는 사람들은 그렇게 당연하게 내 삶 속에 있었던 것들이다. 내가 지나왔으며, 여전히 그 자리에 있는 것들. 새로 만난 사람도 있고, 헤어진 사람도 있고, 그대로 머물러 주는 이도 있고, 언제 다시 볼지 기약할 수 없는 '일시 중지'의 상태로 접어든 이도 있다. 너무 달라져버려서 그 변화를 받아들이기가 몹시 버거웠던 관계도 있다. 그럼에도 불구하고 모든 이가, 존재했던 그 순간의 모습 그대로, 내 안에 있다.

그래서 나는 쓴다. 과거에 열렬했던 사랑이 지금까지 지속되지는 못했어도 변함없이 그 자리에 존재한다는 안도감에 대하여. 내 인생의 드라마와 그에 연동하는 삶의 순간들에 대하여. 절대 잃어버릴 수 없는, 나와 교차했던 사람들과 그들과 함께했던 그곳에 대하여. 이정표처럼 내 지난 길 위에 서 있는 소중한 마음들에 대하여.

느낄 수 있다고, 느껴진다고 그가 말했다. 영민한 사람이니까 그럴 수도 있겠구나 싶었다. 일일이 말하지 않아도 내 마음을 있는 그대로 알 수 있다니 멋진데, 그랬다. 당연하잖아, 조금 어이가 없다는 듯 그가 나를 보았다.

그가 옳았다. 존재하고 있으니 당연히 느낄 수 있는 거겠지. 내 마음을 보아달라고 조바심치고 안달내지 않아도 모든 것은 제자리에 있다. 이제는 설레는 마음으로 그 당연함을 받아들이기로 한다. 우주가 보여주는 놀라운 자연스러움을 긍정하기로 한다.

그리고 용기를 내어 기약 없는 짝사랑을 이어가기로 한다. 여전히 그 자리에서 빛나는 그의 뒷모습을, 원망도 기대도 없이, 할 수 있는 한 힘껏 끌어안기로 한다. 본디 사랑에는 손익이 없어서, 끝나는 연애는 있어도 끝나는 사랑은 없다는 것을 믿기에, 지금 이 순간의 모든 것을 담아 정성스레 연서(戀書)를 쓰는 마음으로.

드라마에게, 삶에게, 내 안의 그들에게, 사라지지 않을 모든 것들에게, 그 남자의 야윈 등에게.

새해를 맞이하며,

이소연

II. 때로는 괜찮다 싶을 때도 있고

III. 어쩌면 장밋빛일지도 몰라

I.
살다 보면
입맛이 쓰지만

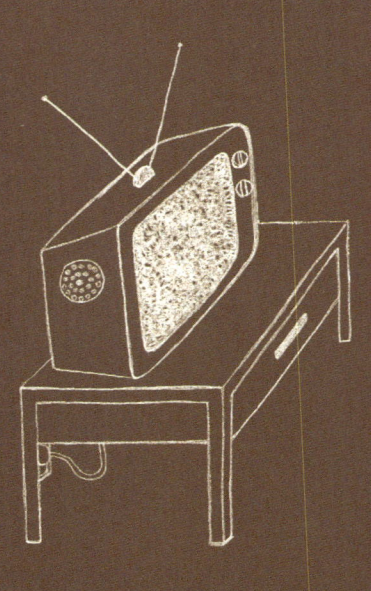

드라마는 드라마일 뿐

「그들이 사는 세상」, 2008, KBS
극본: 노희경, 연출: 표민수 · 김규태

PD가 되기로 결심한 것은 중3 때였다. TV에서 방송되는 프로그램을 만드는 사람이 PD라고 누가 말해주었다. 멋지고 자유로운 직업일 거라고 막연히 생각했다. 피.디. 이름만 들어도 '있어 보이는' 직업.

그런 이유로 신문학과(현재 언론정보학과)에 진학했다. 선배들은 신문학과를 졸업한다고 꼭 PD가 되는 것은 아니라고 했다. 대학 생활은 생각보다 만만하지 않았다. 나는 '정치'와 '사회'에 대해서뿐만 아니라, '나 자신'에 대해 탐구해내야만 했다. 그 탐구 과정은 녹록지 않았고, 인정하고 싶진 않았지만 공부'만' 잘하는 모범생이었던 나는 판판이 깨졌다.

대학을 졸업할 무렵, IMF가 찾아왔다. 취직은 쉽지 않았다. 아예 신입 사원을 뽑지 않는 회사도 부지기수였다. 공부를 좀 더 해야겠다는 핑계로 대학원에 진학했다. PD 중에서도 드라마 PD가 되어야겠다고 결심한 것은 그 무렵이었다. "가볍게 살고 싶다. 아무렇게나, 라는 것은 아니다"라는, 은희경 소설의 한 구절처럼 살고 싶었기 때문이다.

드라마는 '가볍게 살고 싶지만 아무렇게나 살고 싶지는 않은' 나의 소망에 부합하는 장르처럼 보였다. 무엇보다 드라마는 삶과 비슷했으니까. 드라마는 삶의 결을 가장 섬세하게 잡아낼 수 있는 형식이라고 나는 믿었다. 2000년, 나는 드라마 PD가 되었다.

나는 반은 맞고 반은 틀렸다. 드라마는 삶과 비슷했지만 또한 삶이 아니었다. 드라마 PD의 삶이 멋지고 자유로울 것이라는 예상도 틀렸다. 드라마 PD의 업무는 의외로 '노가다 십장'이 하는 일과 비슷했다. 늦은 밤, 야외 촬영이 끝난 뒤 까만 밤을 올려다보며 나는 내가 꿈꾸던 곳이 지금 이곳이었나, 자주 생각했다. 드라마가 삶을 다룬다고 해서 삶을 살아내는 데 더 능숙해지는 것도 아니었다. 나는 드라마 PD가 된 후에도 여전히 삶이 던져주는 숙제에 허덕였고, 감정적인 문제에 서툴렀다.

살다 보면
입맛이
쓰지만

그래서였을까. 「그들이 사는 세상」이 만들어진다고 했을 때 조금 기분이 묘했다. 드라마를 만드는 사람들의 삶과 사랑을 드라마 PD(현빈, 송혜교, 엄기준, 김갑수 등), 작가(김여진), 배우(배종옥, 윤여정, 김자옥, 서효림 등) 들을 중심으로 풀어낸다니. 내가 사는 세상이 어떤 곳인지 드라마를 통해 보게 되다니. 게다가 주인공이 현빈과 송혜교라니. 우리들은 그 캐스팅이야말로 가장 비현실적이라고 농담을 나누곤 했다. 말도 안 돼. 현빈같이 멋지고 인간성 좋은 PD가 내 주위엔 눈을 씻고 찾아봐도 없잖아. 내가 말을 꺼내면 남자 PD들이 응수했다. 말도 안 돼. 송혜교처럼 예쁘고 귀여운 드라마 PD가 어떻게 있을 수 있단 말이야?

비현실적인 캐스팅에도 불구하고, 「그들이 사는 세상」이 그려내는 방송국의 현실은 꽤 리얼했다. 드라마 곳곳에서 우리의 경험들이 겹쳤다. 예를 들면 방송국 여자 수면실 장면에서 시작된 9회가 그랬다. 새벽 4시. 철제 2층 침대 몇 개가 놓여 있는 비좁은 그곳에서 촬영을 앞둔 스태프들은 부스스 일어나 방송국 화장실에 가서 양치를 하고 세수를 한다. 사실 그 장면의 하이라이트는 몰래 연애를 하던 준영(송혜교 분)과 지오(현빈 분)가 침대의 2층에서 꼭 껴안고 잠이 들었다가 준영을 깨우던 조연출에게 들킨다는 것이었지만, 나는 새벽잠에서 깨어 하품을 하며 당연하다는 듯 방송국 화장실로 가는 스태프들의 모습이 가슴에 와 닿았다. 두세 시간 쪽잠을 자고 다시 새로운 촬영을 준비하던 그 수많은 새벽의 기억 때문에.

꽃

드라마 촬영장에서 밤샘 촬영을 하고 다음 날 첫 장면을 찍는 장소로 바로 이동하는 경우는 다반사다. 촬영 버스 안에서 한두 시간 눈을 붙이거나 근처 찜질방이나 목욕탕에서 간단하게 씻고 또 촬영을 시작하는 것이다. 극장 화장실에서 세수를 해결했던 기억도 있다. 그날의 첫 신(scene)은 극장에서 주인공들이 영화를 보는 장면이었다. 전날 밤을 새우고 바로 극장으로 이동한 우리들에게 주어진 시간은 단 한 시간. 나를 포함한 여자 스태프들은 부스럭부스럭 가방 안에서 여행용 칫솔 세트를 꺼내 들고 부스스한 얼굴로 극장 화장실로 몰려 갔다. 조조 영화가 상영되기 전이었으므로, 화장실에는 우리뿐이었다. 우리는 각자 가져온 세면도구로 얼굴을 씻고 양치를 하고 머리를 다시 올려 묶었다. 나는 잠시 갈등하다 세면대에서 발까지 씻고 양말을 갈아 신었다. 청소하는 아주머니께서 이상하다는 듯 우리를 힐끗 거리더니 나가셨다. 그럴 때마다 우리가 하는 말.

"세상에, 우리가 무슨 부귀영화를 누리자고 이 짓을 하고 있지?"

드라마 촬영에 따르는 고행은 이 외에도 수도 없이 많다. 드라마가 사극이라면, 대체로 촬영 장소는 현대적인 건축물이 보이지 않는 허허벌판인 경우가 많다. 그럴 때마다 여자 스태프들은 화장실 가는 횟수를 최소화하기 위해 물이나 음료수를 마시지 않는다. 화장실에는 시간을 맞춰서 함께 간다. 추위는 정말 최고의 적이다. 특히 겨울 바닷가에서 밤을 새는 건 정말 고역이다. 추위에 발끝부터 온몸이 얼어가기 시작하지만, 바람 피할 곳은 단 한 군데도 없다. 추위를 많이 타는 나는 내복을 두 개 겹쳐 입고 그 위에 티셔츠를 입고 그 위에 스웨터를 입고 그 위에 핫팩을 붙인 후 목도리를 두르고 오리털 파카를 입고 마지막으로 그 위에 거위털 파카를 겹쳐 입곤 했다. 그래도 밤샘 촬영이 끝나가 동틀 무렵엔 추위와 싸우느라 내내 긴장했던 몸이 부서질 듯 아팠다. 그럴 때마다 자조적으로 내뱉었던 말.

"세상에, 내가 무슨 부귀영화를 누리자고 이 짓을 하고 있지?"

「그들이 사는 세상」은 드라마 만드는 이들의 그런 소소한 에피소드를 가감 없이 전한다. 한 컷을 찍기 위해 그들은 땅을 파고 꽃을 심고 수십 번의 NG를 반복한다. 그렇게 그들은 드라마에 모든 것을 내던진다. 드라마 이외의 삶이 존재하지 않는 것처럼.

🪴

많은 이들이 이해하기 어렵다고 말했던 「그들이 사는 세상」의 첫 장면은 사실 '드라마쟁이'들이라면 한 번쯤 겪어봤음직한 에피소드지만, 동시에 '드라마쟁이'가 아닌 사람들이 보면 무슨 상황인지 이해가 될까 싶을 정도로 특수한 것이다.

지오는 촬영 테이프의 많은 부분이 스크래치가 나서 못쓰게 되었다는 것을 방송 당일에 알게 된다. 그날 밤에 방송되어야 하는 드라마기 때문에 급하게 그 분량을 촬영하기 위해 두 개의 촬영팀이 꾸려져 촬영을 나간다. 준영은 남자친구 준기의 생일 파티를 준비하다가 촬영을 위해 달려나간다. 지오는 시간이 없으니까 원래 자신이 찍었던 콘티를 무시하고 간단하게 찍으라고 하지만 준영은 좋아하는 선배이자 한때 연인이었던 지오의 드라마이므로 원래 지오가 짠 콘티를 살려서 공들여 찍는다. 당연히 촬영 시간이 지체되고 그날 지오의 드라마는 방송사고 직전까지 몰린다. 그리고 준영은 남자친구 준기와 이별한다.

꽤 복잡해 보이는 상황이지만, 어쩌면 여기서 말하는 내용은 딱 하나인지도 모른다. '준영이 지오를 좋아한다'는 것. 「그들이 사는 세상」도 사실은 사랑 이야기니까. 준영과 지오가 좋아하고 오해하고 다투고 화해하고 사랑하는 이야기니까.

그러나 내가 느낀 것은 좀 달랐다. 드라마 PD는 어떤 상황에서라도 촬영이 우선이다. 예컨대 남자친구의 생일 파티 같은 것은 드라마 촬영이라는 중대한 일 앞에서는 아무것도 아니다. 그러므로 드라마를 위해 연인과의 이별을 감수해야 하는 것은 '당연하다'. 남자친구의 생일 파티를 준비하다가 갑작스런 촬영 요청을 받고 총알처럼 튀어나가는 준영처럼.

드라마 PD들에게는 이런 정서가 존재한다. 그 어떤 것보다도 드라마가 우선한다는 것. 그 생각에 동의하건 하지 않건 간에, 드라마 제작국에 감도는 이 정서가 무척 압도적이라고 느꼈던 기억이 난다.

우리는 드라마를 위해 존재하는 사람들이야, 같은. '드.라.마.'—이 세 글자로 이뤄진 단어는 모든 문제를 통과할 수 있는 만능키 같은 것이었다. '드라마를 위해서라면' 모든 것이 정당화된다. 크고 작은 비겁함, 사적인 삶의 희생(의 강요), 감정에 대한 학대까지.

그래서 「그들이 사는 세상」의 '그들'은, 어쩌면 '우리'처럼, 드라마에 모든 것을 건다. 헌신적이고 숭고하게 드라마를 지향한다. 지오에게도 드라마는 모든 것에 앞선다. 준영과 이별한 후, 지오는 생각한다. 얼마나 다행인지, 이렇게 몰두할 수 있는 일이 있다는 게.

: **지오:** 준영일 떠나보내고 지금 내게 일이 없었다면, 어땠을까? 생각만 해도 끔찍하다. 얼마나 다행인지, 이렇게 몰두할 수 있는 일이 있다는 게.

제작을 펑크 내는 바람에 타 부서로 발령 나게 된 후배 PD 호연과 지오의 대화에서도 이들의 지극한 드라마 사랑이 느껴진다.

: **호연:** 나는 뭐 형처럼 인생 이콜, 인간 이콜, 감동 이콜 드라마 뭐 그런 대단한 드라마관도 없는데…… 촬영 현장에 나가면 참…… 좋아. 애들하고 여관 방에서 뒹굴고, 작가랑 배우랑 밤새 인생에 관해 목아프게 토론하고, 세상에 이런 멋진 직업이 어딨냐? 대기업보다 봉급 좀 낮아도, 한 방도 있고. 마누라도 애도 내 드라마가 젤 재밌다고

하고……

: **지오:** ……오늘 인생 끝나냐. 그만해, 인마.

: **호연:** (애써 웃으며) 아 씨…… 애 낳고 군대 갈 때보다 더 막막.

: **지오:** (마음이 짠하지만 애써 감추고, 호연의 머리를 흩뜨리며) 가자, 가
자, 가서 붙어보자. (하고, 집으로 들어가며 소리친다) 야, 일어나, 회사
안 가?! 수경아, 너 촬영 가야지!

그러나 현실의 우리는 그다지 숭고하지 못하다. 우리는 어려움이
닥칠 때마다 "도대체 우리가 무슨 부귀영화를 누리겠다고 이 짓을 하
고 있는 거지?"를 되뇌고 좌절하고 비아냥거린다. 그러나 우리가 살
고 있는 이 세상에서는 일단 첫 방송이 시작된 드라마라면 무조건 매
일, 혹은 매주 일정 분량의 방송이 나가야 하며, 하나의 드라마가 끝
나기 전에 후속 드라마가 준비되기 시작하는 곳이다. 그렇게 정신없
이 몇 년을 살다 보면 드라마가 없는 내 삶을 상상하기가 어려워진다.
'재작년에 내가 뭐했더라?' 하고 생각해보면 '아, 그때는 일일드라마
조연출을 하고 나서 아침드라마 공동 연출을 했었구나' 식의 답이 자
동으로 튀어나왔다. 드라마로 삶을 설명하던 시절이었다.

그러다 마침내 찾아왔다. 내가 드라마에 배신당한 날이. 아니, 정
확하게는 배신당했구나, 깨달은 날이. 뭐랄까, 내가 생각하는 것만
큼 드라마는 나를 생각하지 않았구나, 하는 깨달음이었다. 애인의
등을 보는 기분, 애인이 나를 덜 사랑한다는 것을 알게 된 기분, 그

묘한 배신감.

　　최선을 다해 임했던 드라마가 조기 종영을 맞은 날, 몹시 마음이 허전해진 나는 거리를 방황했다. 길거리 좌판에서 하지도 않을 싸구려 플라스틱 머리핀을 왕창 사기도 하고, 다리가 아파올 때까지 걷다가 한숨을 쉬며 하늘을 올려다보았다. 후속 프로그램은 문제없이 준비되어 방송될 것이었고, 드라마에 쏟았던 내 나름의 애정에 대한 주변의 반응은 "뭘 그렇게까지 예민하게 구느냐"나 "오버하지 말라"는 것이었다. 그리고……

　　제길, 그때 나는 혼자였던 것이다. 남자친구의 생일 파티를 박차고 나간 준영처럼 드라마가 아닌 내 삶을 무시했던 나는, 그 순간 정말 외로운 혼자였던 것이다. 언제 연애를 했던가, 기억도 가물가물했다. 그 당시 연애라고 부르기도 민망한 몇 번의 만남들은, 대체로 내가 드라마에 배정이 되고 방송이 임박하여 바빠지기 시작하고 '드라마 아닌 것들'을 2순위로 미루기 시작하는 시점쯤 되어 가차 없이 종료되곤 했었다. 그때의 나는 '드라마를 위해서라면' 모든 것을 정당화할 수 있었으므로. 내 삶에 대한 방기까지도.

　　그런데 알아버렸다. 드라마가 종영되어도 나는 살아 있다는 것을. 드라마 아닌 삶은 여전히 지속되고 있다는 것을.

🌱

　　그날 이후 알게 되었다.

내 인생은 드라마보다 중요하다, 혹은 드라마 없이도 행복할 수 있어야 드라마와 함께 행복해질 수 있다.

이제는 조금 가볍게 드라마를 생각한다. 드라마는 진짜 삶이 아니므로 조금 가벼워도 괜찮다고 생각한다. 그리고 여전히 나는 소설 속의 그 구절이 멋지다고 생각한다.

"가볍게 살고 싶다. 아무렇게나, 라는 것은 아니다."

드라마를 만나게 된 지 10년이 넘어가는 지금 알게 된 것은, 드라마는 삶이 아니라는 것. 삶은 드라마가 아니라는 것. 드라마와 삶이 구분될 수 있어야만 더 나은 인생이 되리라는 것. 드라마 없이도 살 수 있어야만 드라마를 오롯이 더 순수하게 받아들일 수 있다는 것.

「그들이 사는 세상」은 드라마다. 그러므로 '그들'처럼 나는 헌신적이거나 숭고하지 못하다. 나는 현실이니까. 그러므로 나는 드라마에 '모든 것'을 걸지 않겠다. 드라마에 집착해서, 드라마를 위해서 나쁜 짓을 하거나 비겁해지거나 다른 것들을 당연하게 희생시키게 되면 안 되는 것이라고, 드라마가 모든 것을 정당화해서는 곤란하다고 마음을 다독인다.

최근 케이블TV에서 재방송하는 「그들이 사는 세상」을 다시 보았다. 그런데 오늘 또 「그들이 사는 세상」을 보며 나는 알 것도 같다. 저런 것이 삶이 아닌가 하고. 현빈과 송혜교는 없어도, 저렇게 지지고 볶고 사랑하고 증오하고 만났다 헤어지고 하는, 바로 그런 것이 삶이라고.

정의를 위하여 살아서, 물으라

「추적자」, 2012, SBS
극본: 박경수, 연출: 조남국

2012년 6월 11일, KBS 새 노조는 95일간 이어진 파업을 '잠정 중단'하고 복귀했다. 우리보다 먼저 시작된 MBC의 파업은 계속되고 있었다. YTN, 연합뉴스, 국민일보도 각 사(社)의 사정에 따라 조금 일찍 혹은 늦게 파업을 시작하거나 접었다. 이렇게 많은 언론사들이 '공정 언론'이라는 공동의 목표하에 이렇게 장기간 파업을 한 것은 대한민국이 건국된 이래 전무후무한 일이었을 것이다.

95일은 긴 시간이었다. 우리는 열심히 싸웠지만 때로 휘청거렸고,

요구했던 조건의 '일부'만을 관철(?)시킨 채 업무로 돌아왔다.

복귀한 일터는 행복하지 않았다. 이만하면 최선을 다했다는 자위와 이기지 못했다는 열패감 사이 어딘가에 우리는 있었다. 겨우 6월인데도 날씨는 찌는 듯이 더워지더니 논바닥이 쩍쩍 갈라지는 사상 최악의 가뭄이 시작되었다.

우리 모두는 그야말로 '멘붕'이었다. '멘탈 붕괴'의 줄임말이라는 그 신조어는 우리의 정신 상태에 딱 들어맞았다. 내 상태는 특히 더 나빴다. 집단적인 멘붕 상태에 들어가 있었을 뿐 아니라 개인적으로 몇 가지 문제가 더해졌기 때문이다.

PD협회와 기자협회가 공동으로 법륜 스님을 모시고 '힐링 KBS'라는 제목의 강연회를 열었다. 풍문으로만 들었던 즉문즉설, 그곳에 갔다. 절실하게, '힐링'이 필요했다. 사람들은 그곳을 꽉꽉 채웠다. 바야흐로 모두에게 치유가 필요한 때였다.

첫 번째 질문이 나왔다. 나쁜 사람들이 힘 있는 자리에 있는 게 너무 화가 납니다. 어떻게 해야 하죠? 사람들이 웃었다. 정말 웃겨서가 아니고 그 자리에 있는 많은 이들이 같은 생각을 하고 있었기 때문이었다. 스님은 웃지 않았다. 이어진 답은 간명했다. 선한 것이 승리하는 것이 아닙니다. 힘을 가진 쪽이 승리합니다. 그러므로 선이 힘을 가져야 합니다.

뒤통수를 얻어맞은 기분이 들었다. 그렇다. 이기고 지는 것은 선악과 무관하다. 힘 있는 편이 이긴다. 예전에 그런 수수께끼가 있었던가? 진돗개와 삽살개가 싸우면 누가 이길까? 정답. 힘 있는 개.

그러므로 무언가를 하고 싶다면 힘을 가져야 했다. 스님은 때론 항복도 할 수 있다 했다. 힘이 부족하면 항복해서 살아남아 후일을 도모해야 한다고. 나도 모르게, 고개를 끄덕였던가.

🌱

「추적자」는 힘없는 사람들이 절박하게 치유를 필요로 했던 그때 방송되고 있었다. 「추적자」는 분명 재미있는 드라마지만 보기에 즐거운 드라마는 아니었다. 아니, 그 반대였다. 그것은 스트레스를 배가시키고 눌러둔 울분을 끄집어냈다.

딸을 죽인 자를 찾는 형사 백홍석(손현주 분)은 그 뒤에 숨어 있는 거대한 권력과 맞닥뜨린다. 그 앞에는 차기 대통령을 꿈꾸는 유력 정치인 강동윤(김상중 분)과 그의 아내 서지수(김성령 분), 동윤의 장인이자 한오그룹 총수 서 회장(박근형 분)이 버티고 있다. 자신의 힘을 유지하기 위해서 그 힘을 주저 없이 이용하는 자들. 딸을 잃은 아버지는 오히려 그들에게서 쫓기고 이용당하는 신세가 되고, 그 과정에서 홍석의 아내 미연(김도연 분)도 목숨을 잃는다.

손에 땀을 쥐게 하는 추격과 반전이 거듭되는 드라마는 '강한 자가 악하고 선한 자는 약하다'라는 구도를 단순하게 가져오지 않는다. 알고 보면 수술에서 회복되어가는 딸에게 독극물을 주사해 죽인 사람은 홍석의 친한 친구 창민(최준용 분)이며, 홍석이 위기의 순간마다

도움을 청하는 황 반장(강신일 분)도 홍석을 배신한다. 그들이 배신하는 이유는 모두 '돈' 때문이다. 어둠 속 그들은 비웃는다. 돈 30억을 앞에 두고서 안전한 우정 따위는 없어, 라고. 그 말이 맞는지도 모른다. 약한 우리는 수시로 비겁하다. 죽지 않기 위해서, 엎드리고 거짓을 말한다.

그런데 가해자인 동윤도 행복해 보이지는 않는다. 찢어지게 가난한 집안에서 태어나 온갖 모욕과 멸시를 견디며 '지금 이곳'까지 올라온 그 역시 절박하다. 어떻게 올라온 곳인데 한 번에 추락해버릴 수는 없지 않은가? 타오르는 욕망 뒤에 언뜻언뜻 드러나는 것은 다름 아닌 동윤의 두려움이다. 그는 여전히 세상 모든 것을 가져도 만족하지 못할 가난한 소년이다. 그래서 나는 홍석 이상으로 동윤을 연민했다. 밑바닥부터 올라가기 시작한 홍석보다 언제 발밑이 와르르 무너져 내릴지 모른다는 공포로 하루하루를 버티는 동윤이 더 불쌍한 사람일지 몰랐다. 어쩌면 나의 연민은, 동윤의 욕망이 나의 그것과 다르지 않다는 생각 때문이었을 것이다. 나는 홍석처럼 '힘없는 다수'에 속했지만 동윤처럼 '힘 있는 소수'가 되기를 욕망하므로. 나의 욕망이 동윤의 그것과 질적으로 다르다는 확신이 내게는 없었다.

🌱

지수와 동윤이 모든 일의 배후임을 알게 된 지수의 동생 지원(고준희 분)은 묻는다. "형부는 어떤 사람이죠?" 하고.

살다 보면
입맞이
쓰지만

：　지원: ……저, 백홍석씨 만났어요.

：　지수: (놀라) 지원아.

：　지원: 언니, 자수해. 형부도 그만둬요, 여기서.

：　지수: 지원아, 사실은 그게 아니구……

：　지원: 언니! 나 다 알아. 아빠도 오빠도 형부 미워했지만, 알죠? 난 형부 이해하고 좋아한 거. 가난한 집에서 태어났지만 누구보다 당당했구 열심히 살아온 거, 알아요. 지난 몇 년 우리 집에서 형부 생일 챙긴 거, 나잖아요.

：　동윤: 알아.

：　지원: 우리 형부 안됐구, 불쌍하구, 무시당하구, 열심히…… 정말 열심히 산 거, 내가 아는데……

：　지수: 지원아! 일단 앉자. 앉아서 얘기해.

：　지원: 모른 척할까? 눈을 감고, 귀도 막고, 아무것도 못 보구 아무것도 못 들은 것처럼 그냥 그럴까…… 밤새 생각했는데요.

：　동윤: 처제.

：　지원: 내가 봤어요, 형부. 언니, 내가 봤어. 백수정 그 아이 아버지가 검찰에서 영장 하나 발부해달라고, 자기 딸 죽인 뺑소니범 잡겠다고 울면서 매달리는 거…… 내가 봤어. 나…… 수정이 장례식장에도 갔었다? 참 초라하더라. 그 애 엄마 앉아 있는데, 국화 하나 놓고 인사하는데, 국화보다 가녀려 보이더라. 근데, 그 애 엄마도 죽었잖아. 언니가. 형부가 죽인 거잖아.

:　지수: 지원아……

:　지원: 어떡해. 내가 봤는데…… 형부 그만둬요. 언니, 자수하자, 어?

:　동윤: 처제, 기사 써. (지수에게) 기사는 당신이 막아. (지원에게) 경찰에 신고해, 처제. 그건 내가 막지. 자, 지금 울 수 있는 거 말고 뭘 할 수 있지?

:　지원: (눈물이 흐른다) 형부는, 어떤 사람이죠?

:　동윤: 다정한 형부, 개혁의 기수, 가난한 집의 아들, 아내의 뺑소니 사고를 숨겨서라도 권력을 가지고 싶은 정치인! 이게 전부 나야. 처제는 하나만 봤던 거고. 사람은 앞도 있고 옆도 있고 뒤도 있어.

:　지원: 언니…… 우리 자수하자, 어?

:　지수: 늦었어, 지원아.

:　지원: 아빠한테 말할 거야. 아빠가 알면 언니랑 형부는……

:　동윤: 장인어른도 전부 알고 계셔. 사고가 난 그날 가장 먼저 알고 계셨던 분이 장인어른이야.

:　지원: ……아빠가?

:　동윤: 처남도 알고 있어.

:　지원: ……오빠도?

:　동윤: 장인어른도 다양한 모습을 가지신 분이지. 자상한 아버지, 산업화를 이룬 기업인, 대한민국을 쥐고 흔드는 황금의 거인! 자신이 키우던 고양이가 죽으면 눈물을 흘리지만 자신의 회사에서 직원이 죽으면 보상금 때문에 골치가 아픈 냉혈한! 처제는 장인어른과 나

두 사람의 보고 싶은 모습만 봤던 거야. 어른이 되려면 상대방의 싫은 모습도 볼 수가 있어야지. 이게 장인어른이고, 이게 나야.

「추적자」를 보는 것은 확실히 정신 건강에 좋지 않았다. 홍석은 매 회마다 달리고 구르고 흙과 땀으로 범벅이 되고 울부짖고 붙잡히고 이용당하고 도망친다. 화병이 날까 싶어 그만 볼까 고민했던 드라마가 이것 말고 또 있었던가. 정의가 승리한다는 말은 정말 교과서에만 있는 문장일까 싶었다. 선한 것이라고 반드시 이기는 것이 아니라면 선한 삶을 살라고 가르쳐서는 안 되는 게 아닌가 말이다. 그래서 홍석이 오열할 때 나도 같이 울었다. 말이 그렇다는 게 아니라, 실제로 울었다. 나도 억울했다. 당시의 개인적인 설움까지 겹쳐서 드라마를 보던 중에 목 놓아 운 것이 여러 번이었다.

♟

홍석은 딸의 납골당에 기자회견을 하러 온 동윤을 기다려 총을 겨누지만 결국 총에 맞은 사람은 동윤이 아니라 홍석이다. 배에서 피를 철철 흘리면서 홍석은 조 형사(박효주 분)에게 말한다. 살아야겠다고, 저놈을 이렇게 두고는 못 죽는다고.

살아야겠다……

어쩌면 홍석의 반격이 시작되는 곳은 이 지점일지 모르겠다. 「추적자」의 새로운 시작은, 홍석이 복수를 결심하고 그들의 정체를 알아내고 그들에게 총을 겨누는 지점이 아니라, 숱한 시도에서 매번 실패를 거듭하던 홍석이 배에서 피를 쏟아내면서도 흐려지는 눈을 애써 뜨면서 살아야겠다고 결심하는 순간이다.

싸우다 죽어버리는 것은 어리석은 일일 것이다. 스님의 말이 겹쳤다. 힘이 부족하면 항복도 할 수 있는 겁니다. 항복해서 살아남아서 힘을 길러서 다음을 도모해야죠.

죽지만 않는다면, 다시 시작할 수 있는 것이다.

그때 나는 깨달았다. 살아남자는 것이 패배자의 언어가 아니라는 것을. (왜 나는 그동안 그것이 패배자의 언어라 생각했을까. 살아남고자 숱하게 읽었던 자기계발서의 가르침 덕분에?) 그것은 승리를 꿈꾸는 자들의 선언일지도 몰랐다.

그러고 나서 지독하리만치 냉정한 「추적자」의 리얼리즘 속에서도 한줄기 희망이 비치는 것을 보았다. 힘센 쪽이 이기는 것이 우주의 법칙이지만, 힘센 쪽보다는 옳은 쪽에 손을 들어주고 싶은 사람들의 마음, 인간다움.

사람다움이라고는 찾아볼 수 없는 집단 속에서도 인간미를 보여주는 사람들이 「추적자」 안에 있었다. 자신의 모든 것을 내놓고 홍석을 돕는 조 형사, 자신의 위치에서 무엇을 할 수 있을지를 찾는 서 회장의 막내딸 지원과, 극중 대사대로 '바람이 불면 풀보다 빨리 눕는' 검찰청 안에서도 진실을 밝히고자 노력하는 검사 최정우(류승수 분). 아직 이들의 힘은 미미하지만, 어쩌면 이들이 이길지도 모른다는 생각이 들었다. 오직 사람이고자 하는 이들과 죽지 않고 살아남은 홍석의 다음 기회가 만난다면, 어쩌면 이길 수 있을지도 모르겠다고.

사실을 알게 된 지원은 눈물이 그렁한 채 정우에게 묻는다. "전 뭘 하면 되죠?"

: 지원: 전 뭘 하면 되죠? …… 물어볼 사람이…… 그쪽밖에 없네.

: 정우: 하나만 하자. 재벌집 막내딸이 되든, 사회부 기자가 되든.

: 지원: ……

: 정우: 기사를 쓰든, 집에 가서 대책회의를 하든.

: 지원: ……진짜 아무것도 모르겠다……

: 정우: 어리광은 아빠한테 가서 부려.

나중에 정우는 지원에게 전화를 걸어 말한다. 먼저 인간부터 되자고.

먼저, 인간부터 되자.

총에 맞은 홍석은 한오그룹 소유의 병원 특별 병실로 옮겨진다. 차기 대통령 후보로서 인기가 높아진 동윤이 한오그룹의 지배권을 노리면서 서 회장과 대립하고 있었고, 서 회장은 동윤의 약점을 잡기 위해 홍석이 필요했기 때문이다. 그 한편에서 정우는 홍석의 행방을 찾기 위해 고군분투하고 있었다.

: **정우**: (부장검사와 통화중이다) 병원 특정했습니다. 원장한테 입원 사실도 확인했구요. 근데 왜 영장을 못 치게 합니까! …… 증거 부족? …… 부장님! 부장님!! (통화가 끊어지고 곧 휴대폰이 또 울린다) 황 반장님, 조금만 더 기다리십쇼. 백홍석을 구해낼 방법을 찾아보겠습니다. (끊고 지원을 본다) 사회부 기자. 이게 니네 집안의 힘이다. 대단하다. 너. 그리고 니네 집안.

: **지원**: ……특별 병동…… 난 들어갈 수 있어요. (정우, 놀라서 지원을 본다) 나 혼자는…… 들어갈 수 있어요. 뭘 하면 되죠. 나? 백홍석 그 사람은 구해야 되잖아요.

지원이 다시 묻는다. 뭘 하면 되죠, 나?

동윤은 지원에게 우는 것 말고 뭘 할 수 있느냐며 비웃었지만, 지원은 묻기 시작한 것이다. 이 상황 속에서 무엇을 해야 할지, 무엇이 옳은 것인지, 스스로에게 질문하기 시작한 것이다.

🌱

정의가 반드시 승리하는 것은 아니라면, 옳은 쪽이 힘을 가져야 이길 수 있는 것이라면, 「추적자」는 정의를 위하여 우리가 할 수 있는 일은 딱 두 가지뿐이라고 말하는 것 같다. 우선, 살아남는 것. 홍석처럼. 억울하면, 억울하니까, 죽지 않는 것. 살아서 후일을 도모하는 것.

그리고 자기 자신에게 묻는 것. 지원처럼. 지금 내가 무엇을 할 수 있는지 진지하게 묻고 성실하게 답을 구하는 것.

어쩌면 그것이 인간이고자 하는 우리가 할 수 있는 일의 전부일지도 모르겠다.

사랑보다 일을 사랑하는 그녀들에게

미국 드라마 「캐시미어 마피아Cashmere Mafia」, 2008, ABC
시즌1, 파일럿 에피소드
극본: 케빈 웨이드, 연출: 마이클 프레스먼

「캐시미어 마피아」는 모든 여성이 꿈꾸는 바로 그 장면으로 시작한다. 키 크고 잘생긴 남자친구 잭이 거리에서 한쪽 무릎을 꿇고 두 손으로 왕방울만 한(!) 다이아가 박힌 반지를 받쳐 들고 말한다.

"나와 결혼해 주겠어?"

그리고 우리의 주인공 미아(루시 리우 분)는, 당연하게도, 한 치의 망설임도 없이, 웃을 때 사용 가능한 온 얼굴의 근육을 최대한 사용하여 대답한다.

"Yes!!!"

「캐시미어 마피아」는 사람들에게 그리 친숙한 드라마는 아닐 것이다. 2008년 겨우 일곱 개의 에피소드를 끝으로 모습을 감추었으니 말이다. 그러나 「캐시미어 마피아」는 아름답고 화려한 여성들의 이야기이며, 일과 사랑 사이에서 갈등하는 우리 모두의 모습을 담아낸 수작이다. 여성들의 일과 사랑과 우정을 그려낸 드라마의 효시라 할 수 있는 「섹스 앤 더 시티」의 사촌동생뻘쯤 된달까.

아름다움과 매력, 부와 명성까지 갖춘 네 명의 뉴요커 여성들이 (패션은 다섯 번째 주인공, 뉴욕은 여섯 번째 주인공이라고 제작 후기에서 언급될 정도로) 화려한 패션을 입고 뉴욕 곳곳을 누비며 과감하게 성에 대한 담론을 쏟아냈던 드라마 「섹스 앤 더 시티」는 엄청난 인기와 수많은 트렌드를 양산해냈다. 그리하여 2008년, '제2의 「섹스 앤 더 시티」'를 꿈꾸며 두 개의 드라마가 경쟁에 나서게 된다. 하나는 「섹스 앤 더 시티」의 제작자 대런 스타를 필두로 하여 ABC에서 방송했던 「캐시미어 마피아」, 다른 하나는 「섹스 앤 더 시티」의 원작자였던 캔디스 부시넬의 동명 베스트셀러를 원작으로 하여 NBC에서 방송했던 「립스틱 정글」이다. 둘 다 성공한 뉴욕 여성들의 일과 사랑과 우정을 다루고 있으며, 사랑과 섹스 이야기에 집중했던 사촌언니 「섹스 앤 더 시티」에 비해 일과 우정에 조금 더 방점을 찍고 있는 느낌이어서 닮은 구석이 많다. "완전 성공한 여자들의 시커멓게 타들어가는 속을 그렸다"는 어느 블로거의 촌평이 이 드라마들에 딱 맞는 설명이다.

개인적으로 「캐시미어 마피아」와 「립스틱 정글」 모두 크게 공감하고 박수 치면서 보았지만, 아쉽게도 두 드라마 모두 「섹스 앤 더 시티」의 영광을 재현하는 데에는 실패했다. 「캐시미어 마피아」는 다음 시즌까지 진행하지도 못하고 첫 번째 시즌, 일곱 개 에피소드로 마감했고, 시즌 2까지 진행되었던 「립스틱 정글」 역시 총 스무 개 에피소드로 끝을 맺었다.

「캐시미어 마피아」에는 (역시!) 네 명의 여성이 나온다. 잡지사에서 자신의 약혼자와 편집장 자리를 놓고 사랑과 일 사이에서 경쟁하게 되는 미아 메이슨, 호텔 체인의 최고 운영자이며 남편의 외도로 위기를 겪게 되는 줄리엣 드레이퍼(미란다 오토 분), 화장품 회사의 부사장이며 현재 이성애와 동성애 사이에서 갈등 중인 케이틀린 다우드(보니 서머빌 분), 월 스트리트의 증권 인수업자로 남편과 아이들 뒷바라지에 열을 올리며 가정과 일 모두를 쟁취하려는 조이 버든(프랜시스 오코너 분)이 그들이다.

로맨틱한 프러포즈 후 미아와 남자친구 잭은 손을 꼭 잡고 회사로 들어오다가 이사 클라이브를 만난다. 클라이브는 미아와 잭 중 하나를 발행인으로 승진시키겠다고 한다. 이번 분기에 가장 큰 광고 건을 체결하는 사람이 남고 나머지 한 사람은 회사를 떠나라는 조건이다.

이 장면에서 나는 전율했다. 아, 이 딜레마. 어디선가 많이 본 듯

살다 보면
입맛이
쓰지만

하지 않은가! 정해진 시간과 노력을 남자와 일에 나누어 할당하려는 여자들이 늘 겪는 갈등. '일이냐 사랑이냐'는 일하는 여자들에게는 햄릿의 죽느냐 사느냐만큼이나 중요한 문제인 것이다.

뭐, 물론 드라마니까, 상당히 극적으로 포장되긴 했다. 나의 승진이 곧 애인의 해고를 뜻하는 이런 극적인 상황은 현실에서는 쉽게 일어나지 않는다. 그러나 정도의 차이는 있지만 유사한 딜레마는 많이 겪는다. 미장원에 들러 머리를 하고 데이트를 나갈 것이냐 말 것이냐, 남자친구의 부모님께 인사를 가기 위해 당장 잡혀 있는 이달의 프로젝트를 대충 해낼 것이냐, 한 달 동안 얼굴 한 번 못 봤다는 남자친구의 투정에도 불구하고 오늘도 야근을 하며 내 청춘을 일과 함께 불사를 것이냐, 업무 능력 향상을 위해 과감하게 질러버린 영어 학원 새벽 수업의 피로로 간만의 데이트를 짜증으로 망칠 것이냐 하루쯤은 괜찮겠지 하고 빠져버릴 것이냐……

미아의 손에 끼워져 있는 반지를 힐끗 본 클라이브 이사가 참으로 쿨하게 반응했던 것은 앞으로 벌어질 일을 어느 정도 짐작했기 때문일 것이다(이런 게 연륜이겠지).

:   클라이브: 아름다운 반지군. 둘이 약혼했나?
:   미아, 잭: 방금요.
:   클라이브: 오. 축하해. 둘 중 하나는 반스테드 잡지사의 발행인과 결혼하는 셈이군.

물론 그 결혼, 이루어지지 않을 거야, 이 결혼 나 반댈세, 이렇게 말하는 게 아니다. 파일럿 에피소드에서 결혼해버리면 더 이상 할 얘기가 없잖아, 라는 다분히 드라마 전문가적인(?) 견해를 펼치는 것도 아니다. 미아가 승진하고—누가 봐도 주인공은 미아니까—잭이 해고되었을 때 오, 좋아, 짝짝짝, 멋져, 축하해, 이렇게 쿨하게 박수를 보낼 남자란 이 지구상에서 참으로 희귀한 존재이기 때문이다. 자기보다 잘나가는 여자친구를 진정으로 인정해줄 수 있는 배포 있는 남자는 아주 드물다. 그래서 일과 사랑의 딜레마 앞에 선 그녀들은 열이면 열, 갈등하게 되는지도 모른다. 이 세상에 남자라는 족속은 존재하지도 않는다는 듯 평생 일에만 파묻혀 사는 배배 꼬인 B사감처럼 되면 어쩌지, 하는 남모를 불안감에 사로잡혀서.

🌱

잠시, 아주 잠시 내 인생을 스쳐갔던 한 남자 덕분에 나 또한 그 딜레마에 대해 숙고하게 되었다. 그로 인해 많은 것을 배웠으니, 이제 와서 보면 고맙다는 생각이 들기도 한다.

소개팅이라는 흔한 형식을 통해 내 인생에 등장한 그는 마흔이 되기 전에 '적당한' 여자를 찾아 올해 안에 결혼해야겠다는 확고한 의지를 품은 서른아홉 살의 남자였다. 하얗고 멀끔하니 잘생겼던 그 남자는 자신의 연륜(?)을 내세우며 조곤조곤 내가 과연 자신과 결혼할 만한 자격이 있는 여자인지 타진하곤 했다. 처음부터 '재수 없다'고 생각

살다 보면
입맛이
쓰지만

할 여지가 충분했지만, 당시 나는 예상외로 길어지고 만 '연애의 공백기' 때문에 상당히 '절박한' 상태였으므로, 꽤 괜찮았던 그의 '외모'를 핑계로 몇 번의 데이트를 이어나갔다.

우선 그는 나의 '직장'—'직업'이 아니라—에 높은 점수를 주었다. 나중에 알게 된 사실이지만, 내가 다니는 방송국이 보수나 직원들의 복지, 고용 보장 등에 있어서 나름 안정된 곳이라는 점이 그가 소개팅 자리에 나오는 데 큰 몫을 한 듯했다. 그는 나에게 평생 일할 생각이냐고 물었다. 물론 나는 그렇다고 답했다. 그는 평생 맞벌이가 보장된데 대해, 생계유지의 무거운 짐을 함께 나누어 질 수 있다는 데 대해 안도하는 듯했다. 그때까지만 해도 '일을 사랑하는 현대 여성'인 나를 그가 있는 그대로 받아들이는 줄 알았다.

다음에 그는 출산과 육아를 전담하면서도 일을 계속할 수 있겠느냐고 물었다. 나는 그 문제는 깊이 생각해보지 않았다고 답했다. 다만 두 사람이 함께 살면서 발생하는 문제들은 두 사람이 머리를 맞대고 현명하게 풀어가는 방법이 있지 않겠느냐는 교과서적인 대답을 했다. 나의 대답을 그는 '예스'로 받아들였고, 얼떨결에 그의 머릿속에서 나는 '일'(경제), '출산과 육아'(가정)를 '전담'할 수 있는 슈퍼우먼이 되었다.

시간이 좀 더 흐르고 나서 마침내 그는 직격탄을 날렸다. 그것이 폭발하면서 나는 모든 착각과 혼란에서 깨어났다. 휴일 오후, 일상적인 전화 통화 중에 벌어진 일이었다.

"결혼하고 나면 부서를 옮겨야 하지 않아? 드라마 PD 하면서 애
키우고 살림하고 직장 나가는 건 힘들잖아."

아예 비제작 부서로 옮기라는 얘기였다. 내 천직이라 생각했던 드
라마 PD를 하지 말라는 얘기였다. 그가 나에게 취하고 싶었던 것은
나의 희망과 재미와 보람을 담고 있는 직업이 아니라, 안정적인 월급
과 살림과 육아를 위한 시간을 보장해주는 직장이었다(그런 직장이
과연 존재하느냐는 것은 논외로 하자). 어이없어 하는 나에게 그가 기름
을 부었다. 어른(?)으로서, 타이르듯이.

"제일 중요한 건 가정을 지키는 거잖아."

내가 계속 드라마 PD를 한다면 나는 가정을 버리는 여자가 된다
는 논리였다. 그에게 '일하는 여자'라는 범주는 존재하지 않았다. 그
냥 '돈도 벌어오는 여자'가 있었을 뿐이다. 남자들과 똑같이 여자들
에게도 일에서 이루고 싶은 꿈이 있고 프로 의식이 있고 보람이 있다
는 사실을 그는 인정하지 않았다. 남자들의 일과 여자들의 일은 그에
게 그 의미가 달랐다. 일은 남자의 영역이고 가정은 여자의 영역이라
는 이분법은 21세기까지 이어지고 있었다. "너님은 뭐하시고 나님만
가정을 지켜요?"라고 쏘아붙이고 싶었지만 나는 조용히 전화를 끊었
다. 그리고 그 순간 그 남자도 끊었다. 그를 사랑하지도 않았지만, 설
령 무리해서 그를 사랑했었다손 치더라도 그때 나는 내가 그 사랑까
지 뚝 끊었을 것이라 확신한다.

그 남자가 나쁜 남자라고 말하고 싶지는 않다. 그처럼 생각하고

그처럼 말하는 남자를 지금까지 아주 많이 봐왔으니까. 직설적으로 표현하는 사람도 있고 완곡하게 표현하는 사람도 있지만, 많은 남자들이 그렇다. 그는 그저 평범한, 흔히 볼 수 있는 남자였다. (가끔 그 남자가 제 짝을 만나 결혼을 했을까 궁금하긴 하다. 그는 과연 맞벌이를 하면서 출산·육아·살림을 전담하는 '완벽한' 여자를 찾았을까? 아마 아니겠지만.)

아무튼 그가 섣불리 속내를 드러내준 덕분에 나는 그를 떠날 수 있었고, 더불어 큰 교훈을 얻었다. 내가 어떤 사람인지 확실히 깨닫게 되었달까.

그래, 나는 일을 소중히 여기는 여자였어, 나는 일이나 사회적 성취가 중요한 여자였어, 나는 일을 포기할 수 없는 여자였어, 음…… 그러니까…… 나는 그냥 일이 좋은 여자야! 따라서 나를 사랑하는 당신은 '일을 좋아하는 여자'인 나를 사랑해야 해. 나는 그냥 그런 여자니까.

🌱

미아와 잭이 결국 헤어질 것이라는 나의 예측은 들어맞았다. 클라이브 이사는 미아의 방을 찾아와 말한다.

"축하하네, 미아. 자네가 반스테드 미디어의 새로운 발행인이 됐어. 혹시 나보다 먼저 잭을 보게 되거든 내 사무실로 오라고 하게."

그리고 잭은 샴페인을 들고 미아의 사무실에 찾아와서 축하해준다. 이때까지는 어쩌면 둘이 헤어지지 않을지도 몰라, 하는 희망을 품을 수 있었다. 잭은 자기 팀원들이랑 마지막으로 점심을 먹어야겠다며 자리에서 일어선다.

: 미아: 그래, 그럼 이따 보자.

: 잭: ……

: 미아: (……?!) 잭, 무슨 일이야?

: 잭: ……못 하겠어. 도저히 못 하겠어. 미아.

: 미아: ……뭘?

: 잭: 미안해…… 내가 이길 줄 알았거든. 그럼 자기가 실망해서 다른 일을 찾거나 결혼을 준비하는 데 신경을 쓸 줄 알았는데 상황은 정반대고 나는 내 자리를 찾을 수가 없어.

: 미아: ……왜 이러는지 이해할 수가 없어.

: 잭: 사실은…… 난 집에 들어올 누군가를 원해. 나는 아이들도 원하는데, 우린 정반대의 길을 가고 있잖아.

: 미아: 아냐, 나도 그런 걸 원해.

: 잭: 하지만 넌 그보다 더 이기기를 원했잖아.

: 미아: 자기 없이는 이기는 게 아냐.

: 잭: 미안해. 미아.

잭은 떠나고, 미아는 홀로 남는다. 눈물이 그렁한 채.

살다 보면
입맛이
쓰지만

이런 상황에 처했을 때 우리가 할 수 있는 일은 참 아쉽게도, 없다. 그저, 그런 종류의, 사랑보다는 일이 먼저인 여자들이 존재할 뿐이다. 이런 상황에 처했을 때는 그냥 쿨하게 먼저 정리하라고 말하고 싶다. '너, 나를 사랑한다면, 나의 일도 사랑해줘야 하는 것 아니야?' 라고 한마디 해주라고. "사랑은 희생을 포함하는 것이지만, 희생을 기반으로 사랑이 성립할 수는 없다"던 어느 소설의 한 구절을 함께 던져줘도 좋겠다. '다른 여자들은 안 그런데 난 왜 이럴까' 하면서 일이나 사회적 성취에 목을 매는 자기 자신에 대해 환멸을 가지는 것이야말로 최악의 선택이다. 우리는 누구나 미아가 될 수 있다. 결정적인 순간에 일을 움켜쥐는 여자, 그때 멀어져가는 남자를 붙잡지 않는 여자 말이다. 나를 사랑한다면서 내가 사랑하는 일의 전부 또는 일부를 포기하라고 말하는 남자를 어떻게 붙잡을 수 있단 말인가?

　　잭과 헤어지고 얼마 지나지 않아 미아는 친구들과 만나 승진 축하 파티를 연다. 친구들은 미아의 아픔에 공감하면서도 이렇게 말해준다.

　　"어쨌든 네가 이겼잖아, 축하해!"

　　그렇다. 이때 진정 필요한 건 일을 지속하고 성취해나가는 우리 자신에 대한 칭찬과 축하인 게다. 슬픔에 겨워 내가 이뤄낸 성취를 나 자신이 폄하하는 우를 범해서는 안 될 것이다.

만약 당신이 일과 사랑이라는 딜레마 앞에 선다면, 자기 자신을 최우선으로 생각하라. 뻔뻔하다거나 이기적이라는 내·외부의 공격을 과감히 무시하라.

주변에 또 하나의 잭이 있어 마음이 어지럽다면 과감하게 정리하기를. 일을 사랑하는 여자인 나 자신을 부끄러워하지 말기를. 일을 소중히 여기는 여자인 나를 사랑해줄 진짜 남자가 이 지구 위 어딘가에 반드시 존재하고 있다는 사실을 믿기를. 이런 100퍼센트의 당당함이 있어야만, 당신이 살아가면서 마주하게 될 '일이냐 사랑이냐'라는 딜레마에 근거한 숱한 문제들에 대해 그때그때 현명하게 처신할 수 있을 테니. 100퍼센트의 당당함을 갖고도 일과 사랑 사이 그 어딘가에서 괴로워할 일이 부지기수인데, 나를 지탱해주는 당당함조차 없다면 무엇으로 버텨낼까?

그럼에도 계속
경기를 뛰어야 할 이유

미국 드라마 「그레이 아나토미(Grey's Anatomy)」, 2005, ABC
시즌1 에피소드1
연출: 피터 호튼, 극본: 숀다 라임스

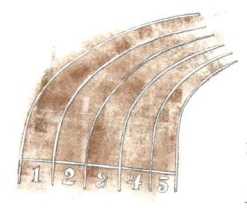

게임은 할 줄 아는 사람만이 참가하는 거라고 한다.

우리 엄마는 최고 중 하나였다.

그에 비해 나는, 망한 거나 다름없다.

「그레이 아나토미」의 첫 에피소드는 메러디스의 이런 내레이션으로 시작한다. 게임에 막 뛰어든 외과 인턴들, 즉 메러디스 그레이(엘렌 폼페오 분), 크리스티나 양(샌드라 오), 이지 스티븐스(캐서린 헤이글 분), 조지 오말리(T.R. 나이트 분), 알렉스 카레브(저스틴 체임버스 분)

는 조심스레 시애틀 그레이스 병원에 발을 딛는다. 그들에게 병원을 안내해주며 리처드 웨버 과장은 말한다.

"이곳이 자네들의 경기장이야."

게임은 할 줄 아는 사람만이 참가하는 거라니, 만약 그렇다면 우리의 일이 게임이고 나는 경기장에서 뛰고 있는 선수라면, 나는, 일이 게임이 될 거라 생각해 본 적도 없으며 게임의 룰을 아직도 체화하지 못하고 있는 나는, 망한 거나 다름없다.

오늘, 진심으로 그런 생각을 했다. 나는, 망한 거나, 다름없어.

🌱

"이렇게 오래 버틸지 몰랐어요."

오랫동안 나를 지켜본 지인의 말이었다. 10여 년 전, 드라마 촬영 현장에서 처음 나를 보고서 '저렇게 순진해 가지고 어떻게 이 바닥에서 버틸까' 싶었다고 했다. 물론 그 시절 나는, 내가 순진하다 생각하지 않았다. 그러나 정직과 실력은 통할 것이며, 세상은 공평하다 믿었던 내 생각은, 인정한다, 순진했다, 그것도 매우.

"그럼 바로 때려치울 줄 알았어요?"

웃으며 내가 물었을 때, 그는 대답했다.

"솔직히, 바로 시집가서 그만둘 줄 알았어요."

그래서 10여 년 동안 내가 '이 바닥'(우리가 방송계를 자조적으로 일컫는 표현)에서 구르는 걸 보고, 어? 의외네? 그랬다고 했다.

그 말을 듣고 나니, 아득해졌다.

진짜 그러네. 10년 넘게 '이 바닥'에서.

심장이 쿵, 내려앉았다.

어쩌자고, 나는 이 게임에 뛰어들었을까.

그만두고 싶었다. 나는 이곳에서 벌어지는 피투성이 게임에 적합하지 않은 선수가 아닐까, 하는 생각이 하루 종일 머릿속을 떠나지 않았다. 등 번호도 달아주지 않는 후보 선수…… 그러나 선배 선수들 뒤치다꺼리나 하기에는 자존심이 창창한 예비 스타……

그래서 나는 온갖 반칙이 난무하며, 모두가 합의하는 공정한 룰이 존재조차 하지 않는 이곳에서, 내가, '세상은 실력 순이 아니잖아요'라는 생각으로 무장한 채, 찢기고 찌르고 피눈물을 흘리며 진흙탕에서 뒹굴 수 있는지 심각한 의문이 들었다.

🌱

「그레이 아나토미」의 초짜 의사 메러디스의 모습에 내 모습이 그대로 겹쳐버리고 말았던 것은 그래서다.

상황은 매번 꼬이고(인턴이 되어 출근한 첫날, 병원에 나타난 전문의가 어젯밤 술집에서 만나 원나잇스탠드를 즐긴 그 남자라니!), 내 능력과 경험을 넘어서는 사건은 하루에도 몇 번씩 발생하며, 그때마다 선배에게 깨지고, 자괴감에 휩싸이고, 동기들과 신세한탄을 한다. 그러나 내 신세한탄을 가장 잘 이해할 수 있는 사람들이 나의 동기들이되,

또한 그들은 나와 같은 그룹에 속해 더 좁은 '위'를 향해 피 터지게 경쟁해야 하는 바로 그 사람들이기도 하다. 그래서 마침내 메러디스는 바깥으로 뛰쳐나가 속에 있는 것들을 게워낸다. 그 치밀어오르는 욕지기가 나를 괴롭히고 몰아치는 '밖'을 향한 것인지, 그 정도에 흔들리고 좌절하는 내 '안'을 향한 것인지는 알 수 없을 테다.

그때 메러디스가 자신을 찾아 따라 나온 (훗날 절친이 되는) 동기 크리스티나에게 하는 말은 이렇다.

"절대, 아무에게도, 말하지 마."

그렇지. 절대, 아무에게도, 말할 수 없지. 누구 좋으라고. 내가 이렇게 나약하다는 것, 내가 이렇게 두렵다는 것, 그래서 내가 이 게임에서 낙오할 그 사람일 수도 있다는 것을 들켜서는 안 되는 법이다. 그것이 어쩌면 내가 알고 있던 유일한 게임의 룰이었는지도 모르겠다—네가 약하다는 것을 들키지 마라.

그러나 우리 안의 마음은 다 똑같을지도 모른다. 인간은 완벽하지 않으며, 세상은 (때로) 공정하지 않기 때문에, 함께 게임을 뛰는 우리가 서로를 위무하는 순간이 필요하다. 그래서 메러디스와 조지의 대화처럼, 가끔은 속마음을 털어놓는 무장해제의 순간이 존재한다.

:   **메러디스**: 요리사가 될걸 그랬나봐. 스키 강사나 유치원 선생님도 좋고.

:   **조지**: 나는 유능한 우체국 직원이 되었을 거야. 내가 좀 신뢰를 얻는 타입이잖아…… 부모님은 아들이 외과의사가 될 거라는 걸 사람들

한테 말하곤 해. 마치 큰 자랑인 것처럼 말야. 슈퍼히어로. 뭐 그런 거. 휴…… 부모님이 지금 내 모습을 보신다면……

: **메러디스:** 내가 엄마한테 의대에 가고 싶다고 했더니. 날 말리셨어. 내겐 외과의사 자질이 모자라다면서 말야. 불가능할 거라고. 그래서…… 내 입장에선. 슈퍼히어로라고 불리는 건 진짜 대단한 거야.

: **조지:** ……우리들은 여기서 살아남겠지? 그치?

🌱

방송국에 들어온 지 얼마 되지 않아 어떤 술자리에서 있었던 일이다. 당시에는 정말 하루가 멀다 하고 술자리가 이어졌다. 2차였나, 3차였나, 우르르 몰려간 단란주점에서였다. 폭탄주와 과일안주, 그리고 취기에 불러젖힌 곡목도 기억나지 않는 노래들…… 시간이 길어지고 사람들이 들락거리며 내 옆자리의 인물은 계속 바뀌었다. 그들은 나에게, 아마 내일 아침에 술이 깨고 나면 기억도 못할 충고들을 들려주었다.

그중에 이런 말이 있었다.

"조만간 너는 어느 줄에 서야 할지 결정해야 할 거야."

줄에 서야한다니, 이것이 말로만 듣던 '계파'라는 것인가? 나는 어리둥절했고, 곧 그 말을 잊었다.

그때 알았어야 했다. 최소한 '게임'과 '룰'에 대해 좀 더 고민했어야 했다. 게임은 할 줄 아는 사람만이 참가하는 것이라는데 그렇다면, 나는 망한 게 아닐까. 메러디스 정도의 성찰이라도 했어야 했다.

그러나 나는 아마추어였다. 순진했다고도 볼 수 있으리라. 나는 일이 게임이 될 수 있다 생각하지 않았으며(일은 자아실현의 도구 아닌 가요?), 내 앞에서 웃는 이가 내 뒤에서 칼을 꽂을 수 있다 생각하지 않았으며(칼을 꽂으려면 왜 웃죠?), 이렇게 함께 술 마시고 웃는 사람들이 속으로 내 편 네 편을 가르고 있다 상상할 수 없었고(어차피 한 조직에 속한 우리는 같은 편 아닌가요?), 세상은 '기본적으로' 공정하다 믿었다(교과서에 그렇게 나왔잖아요).

지금 나는 안다. 내가 게임이라 생각하지 않아도 상대가 게임이라 생각하면 이미 게임인 것이며, 다 그런 것은 아니나 앞에서 웃고 뒤에서 칼 꽂는 이도 의외로 많으며, 모여 있다 해서 우리가 모두 하나인 것은 아니고, 세상은 생각보다 공정하지 않다는 것.

결론적으로 나는 어느 줄에도 서지 않았다. 솔직히 '줄'이 있는 것도 잘 몰랐고, 알았다고 한들 '줄 서는 방법'에도 무지했다. 그러니 다시 그때로 돌아간다 해도 똑같이 행동할 것이 뻔한 나를 보면서 내 등 뒤에 달려 있는 번호가 낯설어지고 게임의 룰이 혼란스럽기만 한 것은 어쩔 수 없다. 내가 망한 거나 다름없다고 느낀 것은 그래서인지도 모른다.

첫 화의 끝에서, 메러디스는 말한다.

외과의사가 되어야 하는 이유를 단 한 가지도 생각해 낼 수 없다.
하지만 그만두어야 하는 수천 가지 이유는 생각해낼 수 있다.
그래서 더 어렵게 느껴지나 보다.
우리 손에 사람들의 생명이 달려 있다.
게임이라고 하기엔 너무한 순간들도 있다.
그럴 땐 받아들이고 한 걸음 앞으로 내딛거나 돌아서서 도망가는 수밖에 없다.
그만둘 수도 있었다.
하지만…… 나는 이 경기장이 좋다.

어떤 사람이 보기에는 '의외로' 느껴질 정도로 10년 넘도록 '이 바닥'에서 버티고 있는 나는, 그에게 속마음을 털어놓았다. 어쩌면 내가 이 게임에 적합하지 않은 선수인 것은 아닐까 하는 두려움을. 이 게임의 룰이 나에게만 호의적이지 않은 게 아닐까 하는 억울함을. 가끔은 그냥 뚜벅뚜벅 걸어 운동장을 나가고 싶다고, 뛰지 않아도 될 때는 멈춰 서서 물이라도 한 모금 마시고 싶다고.
　　「그레이 아나토미」의 인턴들처럼, 우리 손에 사람들의 생명이 달려 있는 것도 아니잖아. 그런데 게임이라고 하기에 너무 심한 순간들은 우리에게도 있지. 그것도, 너무 많지."

가만히 듣던 그는 말했다.

"어쨌든 너는 계속할 거잖아. 그럼에도 불구하고."

…… 말문이 막혔다.

메러디스와 똑같이, 나에게도 선택의 길은 단 두 갈래뿐이었다. 받아들이거나, 도망치거나. PD로 살아야 하는 이유를 한 가지도 찾지 못했지만, 그만둘 수도 있었을 때마다 그만두지 않은 나는, 결국 받아들였던 것이다. 최소한 도망치지는 않겠다고. 아니, 도망치고 싶지 않다고.

때로 숨이 막히고 몸서리치게 지긋지긋한 이 경기장이, 어쩌면 나는 좋았던 것일까. 그만두어야 하는 수많은 이유들에도 불구하고.

그래서 오늘처럼, 지나온 시간이 아득해지고, 이 진흙투성이 경기장에서 여전히 뛰고 있는 내 모습이 의아하고, 10년 전이나 지금이나 '게임의 룰'에는 여전히 무지한 내가 한심해지는 시간에, 「그레이 아나토미」속 전쟁 같은 경기장에 막 투입된 초보 인턴들을 떠올리는 것이다.

게임은 적어도 내가 뛰는 동안에는 끝나지 않는다. 다시 말하면 경기를 멈출 수 있는 사람은 나뿐이다. 그러므로 끝낼 생각이 아니라면, 경기를 뛰는 거다. 경기 중에도 쉴 수 있고, 생각할 수 있고, 고약한 룰을 바꾸어낼 수도 있다. 그의 말대로, '어쨌든 나는 계속할 것'이다. 그 모든 이유들에도 불구하고. 망한 거나 다름없더라도.

솔직해서 비겁한

미국 드라마 「뉴스룸(The Newsroom)」, 2012, HBO
시즌1 에피소드2
극본: 에린 소킨, 연출: 알렉스 그레이브스

「골든타임」, 2012, MBC
극본: 최희라, 연출: 권석장

한 친구의 행동이 거슬리기 시작한 것은 그녀가 다른 사람이 나에 대해 한 말들을 나에게 옮겼을 때부터였다. 우정이라 생각하면서 마음을 텄던 무렵이었으니까 꽤 오래전부터였다. 꼼꼼하게 '말들'을 전해준 그녀 덕분에 나는 남들이 하는 '나에 대한 이야기들'을 상당히 많이 알게 되었다. 대개의 뒷담화가 그러하듯 좋은 내용은 아니었다. 나는 누가 나를 싫어하는지, 누가 뒤에서 내 험담을 하는지, 노골적인 험담까지는 아니어도 교묘하게 말을 뒤틀어 깎아내리는 '지능형 안티'인지까지 샅샅이 알게 되었다.

내가 나에 관한 뒷이야기들을 잘 알게 되었으니 좋았다고 해야 할까? 이 정글 같은 사회 속에서 누가 나의 적인지를 미리 알아 대비할 수 있게 되었으니 다행이었다고 해야 할까?

……그렇지 않았다.

그녀를 만날 때마다 나는 몹시 불편했다. 구정물 안에 발을 담근 것 같아 매번 찜찜했다. 나에 관한 숱한 오해와 억측과 거짓이 내 뒤에서 펼쳐지고 있었고, 그에 따라 내 쪽에서도 다른 사람들에 대한 편견이 생길 수밖에 없었다. 나를 깎아내렸다는 누군가를 후에 마주쳤을 때 내 마음이 예전과 똑같을 수 없음은 당연했다. 어차피 뒤에서 들은 이야긴데 따져 묻기도 그렇고, 또한 내가 들은 내용이 사실인지도 확인할 수 없었으니까. 말이라는 게 뉘앙스만 조금 다르게 전해도 전혀 다른 의미가 되어버리지 않는가. 그럼에도 그녀가 내 마음에 심은 서운함의 씨앗들은 그 말을 뱉었다던 사람들을 볼 때마다 싹을 틔웠고 점점 커다랗게 자라났다. 내 안에서 타인에 대한 불신과 분노와 서러움은 아마존의 밀림처럼 무성해져 거대한 그늘을 드리웠다.

좀 버겁다 싶어지면서 점점 그녀를 만나기가 꺼려졌다. 오래된 체기처럼, 어쩌면 정말 꺼림칙했던 것은, 내가 그녀에게서 감지한 미묘한 느낌 때문이었을지도 모르겠다. 조심스레 주위를 한번 둘러보고서 목소리를 줄여서 신중하게 말을 옮기는 그녀의 모습에서 '이 험담의 주인공이 자신이 아니'라는 안도 섞인 우월감이 언뜻 보이는 듯도 했기에. 이 비난의 화살에서 자신은 자유롭다는 것을 은근히 즐기는 듯하다고 느껴버렸기 때문에.

그래서 그녀와 헤어져 집으로 돌아오는 길에, 다음에 그녀를 만나면 도대체 이 이야기를 왜 나에게 하는지 꼭 물어봐야겠다고, 저지르지 않은 일로 억울하게 혼난 초등학생처럼, 결심했다.

☙

2012년 6월, HBO에서 방송을 시작한 야심작 「뉴스룸」을 발견한 것은 그 즈음이었다. 크리에이터 겸 작가는 자그마치 에런 소킨! 에런 소킨은 영화 「어 퓨 굿맨」 「대통령의 연인」 「소셜 네트워크」 「머니볼」 등의 각본가이자, 전설의 드라마 「웨스트윙」의 크리에이터 겸 작가로서 그 이름만으로 드라마의 보증수표나 다름없는 인물 아닌가!

부푼 기대감으로 뚜껑을 열어본 「뉴스룸」은 과연 훌륭했다. (시청률과 평단의 반응 모두에서 전작들보다 못하다는 평가가 있긴 하지만) 여전히 세련되고 지적인 인물들이 고급스러운 대사들을 쏟아냈다.

시청률과 기계적 중립에만 신경 쓰는 방송사 저녁 뉴스 앵커 월 매커보이(제프 다니엘스 분)가 있다. 월의 재능을 아깝게 생각해온 담당 국장 찰리(샘 워터스톤 분)는 '진짜 뉴스'를 한번 해보자며 새 프로듀서로 매킨지 맥헤일(에밀리 모티머 분)을 영입한다. 그 사실을 알게 된 월은 펄펄 뛰는데, 실은 매킨지는 3년 전 월과 파혼하고 떠나버렸던 옛 애인이고, 월은 아직도 그 상처에서 벗어나지 못하고 있었기 때문이다.

아슬아슬한 감정싸움과 더불어 시작된 첫날, 두 사람은 갑작스럽게 발생한 해안가 기름 유출 사고를 안전을 무시한 거대 석유회사의 문제로 보도하면서 큰 반향을 이끌어낸다. 윌은 매킨지에게 두 사람이 헤어진 이유에 대해 함구할 것을 전제로 함께 일할 것을 약속한다. 하지만 매킨지는 그 내용을 사내 전체 메일로 보내버린다. 회사 내 많은 사람들이 윌이 바람을 피워서 자신이 떠난 것으로 알고 있다고 듣고 나서 윌에 대한 오해를 풀어줘야겠다고 생각해 그 이야기를 전한 사람에게 메일을 보낸다는 게 그만 실수를 한 것이다.

: 매킨지: 슬론이 네가 바람 피웠다잖아. 다른 사람들도 다 그렇게 생각한대. 참을 수가 없었어.

매킨지의 변명에도 윌은 화가 머리끝까지 치민 상태. 마침내 이어진 대화에서 나는 윌을, 매킨지를 보는 그의 예민함과 과도한 분노를 이해했다. 동시에 그 친구와 헤어져 돌아올 때마다 내가 시달렸던 그 이상스런 억울함의 정체를 알 것도 같았다. 그것은 솔직함 뒤에 숨은 이기적인 얼굴이었다. 진실이라는 이름으로 행해진 무책임이었다.

: 매킨지: 들어봐. 넌 처음 나를 만났을 때부터 날 사랑했었어. 그리고 2년 동안 모든 여자가 꿈꾸는 그런 남자였다구. 넌 너무 완벽한 남자

살다 보면
입맞이
쓰지만

였단 말이지. 그게 중요한 건 아니지만…… 그때까지 난 내가 진짜
너를 사랑하는지 알 수 없었어.

: 윌: 그래서 네 전 남자친구랑 바람을 피운 거야?

: 매킨지: 그래, 그랬었지. 그 남자와 다시 만난 순간 내가 진짜 널 사랑
한다는 걸 깨달은 거야. 그러니까 엄밀히 말하면, 난 널 속인 게 아니
라 내가 사랑하는 남자와 진짜 사랑에 빠진 거지.

: 윌: 네 전 남자친구랑 바람을 피워서?

: 매킨지: 그래! 엄밀히 말해서 내가 속인 게 아니라는 말은 빼먹었지
만…… 더 중요한 건 내가 너와 사랑에 빠졌다는 거야! 로맨틱 코미
디의 결말에서는 그거면 만사 오케이잖아!

: 윌: 진짜 물어보고 싶은 게 있는데.

: 매킨지: 물어봐.

: 윌: 나한테 왜 이야기했어?

: 매킨지: 숨기고 살아갈 자신이 없었으니까.

: 윌: 대신 나보고 짊어지고 살아가라고?

: 매킨지: 차라리 내가 거짓말했으면 좋았겠어?

: 윌: 그래! 진심으로 네가 말 안 했으면 좋았겠어!

그렇다. 누구나 자신이 감당해야만 하는 감정의 몫이 있는 거다.
찜찜해도, 무거워도, 가슴속에 품고 살아가야 하는 비밀이 있는 거
다. 누군가에게 어떤 말을 전할 때는, 그것이 나쁜 말이라면 더욱, 신

중해야 하는 거다. 그 이야기를 들은 누군가는 그만큼의 무게를 계속 안고 살아가야 하니까. 그러니까 내 마음의 짐을 덜고자, 내가 편해지고자 남에게 그 부담을 부려놓는 것은 비겁하다. 거기에다가 '너를 위해서'나 '대의를 위해서'라는 거창한 이유까지 가져다 붙이는 것은 더 비겁하다.

월을 사랑했다면, 월과 계속 함께이고자 했다면 매킨지는 그 이야기를 하지 말았어야 했다. 혼자 짊어지기에 너무 버거워서, 거짓말은 나쁘다는 이유를 붙여서 그 말을 연인에게 전한 순간, 그 말은 두 배의 무게로 월의 가슴에 얹혔다. 마음의 짐을 내려놓은 매킨지는 홀가분하게 월을 떠났지만 혼자 남은 월은 온전히 그 이야기와 함께 살아야 했다.

「골든타임」에서는 정반대인 상황이 나온다. 재인(황정음 분)이 민우(이선균 분)에게 화풀이를 하는 장면이 있다. 재인의 애인이자 민우의 선배인 선우가 양다리를 걸치고 있었다는 사실을 '알고 있었으면서 왜 말해주지 않았냐'는 거다.

선우가 패러글라이딩 사고로 의식을 잃고 민우와 재인이 인턴으로 일하는 병원에 실려오자 재인은 발을 동동 구른다. 그러나 선우가 바람을 피우던 상대 여자가 나타나고 졸지에 애인의 부정이 만천하에 공개되어버린 재인은 충격을 받고 병원을 뛰쳐나가 최고급 호텔 스위

살다 보면
입맛이
쓰지만

트룸에서 하루를 묵는다. 재인은 호텔로 자신을 찾으러 온 민우에게 당당하게 말한다.

"지갑 있어? 계산해!"

지갑을 꺼내던 민우는 치러야 할 값이 자그마치 500만 원이라는 말에 멈칫한다.

: 재인: 나한테 좀 미안할 거 같은데.

: 민우: 뭐…… 조금…… 미안하긴 하죠. 하지만 뭐 내가…… 일부러…… 뭐……

: 재인: 그럼 미안한 만큼 돈으로 성의를 보여봐. 정신적 피해보상이란 말이 그냥 나온 건 아니잖아. 합의금이란 말도 괜히 나온 건 아닐걸?

결국 민우는 12개월 할부로 재인의 호텔비를 계산한다. 나는 민우의 입장이 되어 억울해졌다. 내가 민우였더라도 똑같은 선택을 했을 것이기 때문이었다. 오히려 민우는 자기가 '몰랐어도 될 사실'을 알게 되어 불편했던 마음을 내내 혼자 감당해온 것이니 피해보상은 민우 쪽에서 요구해야 하지 않을까 싶었다. 생명의 위협을 받는 정도의 긴급 상황이 아니고서야 굳이 친하지도 않은 선배의 애인에게 가서 '당신의 애인이 지금 바람을 피우고 있는 중이오'라고 말할 사람이 얼마나 있겠느냐는 말이다.

민우가 재인의 애인이야? 민우가 바람을 피운 것도 아니고 사고를 내게 한 것도 아니고, 도대체 500만 원이나 물어줄 만큼 잘못한 게 뭔데? 괜히 드라마를 보면서 구시렁댔다. 생명을 다투는 긴박한 수술 장면이 주를 이루는 메디컬 드라마에서 호텔비 내는 장면에 이렇게 집중하다니, 드라마는 받아들이는 사람의 상태에 따라 얼마나 다르게 읽히는 것일까 싶어 스스로 조금 어이가 없기도 했다.

🌱

커피에서 뜨거운 김이 올라왔다. 더 이상 '몰라도 될 사실들'을 짊어지고 싶지 않았다. 그날의 커피는 유난히 맛이 없었다. 깊은 향도, 구수한 맛도 없이 그저 뜨겁기만 한 커피. 그때 우리의 대화도 그것과 비슷했을까.

"그 이야기를 나한테 왜 하는 건데?"

그녀는 당혹스러운 듯 침묵했다.

나는 다시 물었다. 나에 관한 어떤 이야기가 흘러나왔던 그 자리에서 사실관계를 교정하거나 나를 변호하는 말을 한마디도 하지 않은 너는, 그리하여 경박한 말들의 향연의 일부였던 너는, 그런 자리에 있었던 꺼림칙함을 털어내기 위해, 네가 자기도 모르게 고개라도 끄덕였다면 그 죄책감을 벗어나기 위해, 내 할 일은 했다는 최소한의 자기 합리화를 위해 나에게 그 이야기를 전하는 것이 아니냐고. 결국 네 마음 편하자고, 네 기분 가벼워지자고 나에게 부담을 전가한 것이 아니냐고.

나는 결국 보고 말았다. 우정이라는 이름 뒤에 숨은 이기심, 솔직함이라는 명목하에 행해진 비겁함을, 그리고……

기억한다. 그에게 말하지 말았어야 했지만 말이 되어 나온 것들과 아직까지 내 안에 무겁게 가라앉아 있는 어떤 비밀들. 어쩌면 그녀와 똑같이, 내 마음의 짐을 덜기 위해 진실하겠다는 의도로 포장해 그 앞에 내민 이야기를 들은 그의 얼굴에 설핏 스쳤던 쓸쓸함을. 나는 「뉴스룸」의 매킨지처럼 슬프지만 가뿐해진 마음으로 그를 떠났지만, 어쩌면 그는 아직도 내가 던져놓은 감정과 함께 살아가고 있을지도 모르겠다. 나이가 들어가면서 자기 몫의 감정은 오직 스스로 감당해야 한다는 원칙을 세웠고, 그 뒤로 내 마음도 내 몫의 느낌들로 무거워지기 시작했다. 감당할 수 없을 정도로 그것이 무거워 질질 끌릴 정도라면 적당한 방법을 찾아 털어내는 것 역시 나 자신의 과제였다. 그는 그의 몫만큼만 슬퍼하게 할 것을, 그것이 내가 그에게 해줄 수 있는 최선의 호의였을 텐데, 라며 지금 후회해봤자 그때 그에게 부당하게 덮어씌운 마음의 짐이 없어지지는 않을 것이다.

🌱

「골든타임」에서 인턴 면접장에 온 민우에게 최인혁 교수(이성민 분)는 묻는다.

: 최인혁: 이민우 씨.

: 민우: 예?

: **최인혁**: 의사는 무엇이 가장 두려울까요?

: 민우: 예?

: **최인혁**: 내가 예측하고 자각하지 못하는 상황이 올 수밖에 없는데, 왜 하필 지금 내 앞에 이런 환자가 나타났는가 도망치고 싶은 순간 이 올 텐데 그때는 어쩔 겁니까?

뜬금없이 생각이 튀어올랐다. 사람들은 마음의 짐을 두려워한다. 자신의 선택에 책임지는 것을 두려워한다. 그러나 두려워도 감당해야 한다. 잘못을 했으면 죄책감까지 가져야 하고, 옳지 않은 일에 침묵했을 때는 부끄러움을, 앞에 서기로 마음먹었을 때는 두려움을 느껴야 한다. 누군가의 뒷담화를 했다면 나중에 그 사람을 볼 때 찔리는 기분을 감수해야 한다. 선배의 외도를 알게 된 민우처럼 본의 아니게 져야 하는 부담도 존재한다.

그것을 감당할 수 있어야 어른이 된다. 내 몫의 감정을, 내 몫의 비밀을 안고 살 수 있을 때 진짜 어른이 된다. 어느 순간 그 감정을 내려놓거나 그 비밀을 공개해야 하는 선택도 온전히 나 자신이 하는 것이며, 그 선택의 결과를 감당하는 것도 나다. 다시 결심해본다. 내 몫의 진실은 나 혼자 오롯이 책임져야겠다고. 내 몫의 감정은 나에게서 끝내겠다고. 그러니 나는 더 이상 그녀 몫의 무게를 덜어주지는 못할 것 같다.

누구의 잘못 없이도 연애는 끝난다

「달콤한 나의 도시」, 2008, SBS
원작: 정이현, 극본: 송혜진, 연출: 박홍식

깨달음은 늘, 뒤늦게 온다.

어느 순간, 그 남자의 손 모양이 또렷하게 눈에 들어올 때, 그가 가까이에 있으면 나도 모르게 목소리가 커질 때, 그의 눈빛이 살짝 흔들리기만 해도 가슴이 무너질 때, 휴대폰 배터리가 충분한지, 내 몸이 휴대폰 진동을 느낄 만큼 충분히 예민한지 수시로 체크하는 나를 발견할 때. 그를 보면 먹지 않아도 배가 부를 때, 자꾸, 그가 보일 때, 자꾸, 그 앞에서 웃게 될 때, 어느 순간 불현듯 우리는 깨닫는다. 나, 저 사람 좋아하는구나. 연애가 시작된 것이다. 이미, 나도 모르는 새.

연애가 끝나는 풍경도 마찬가지다. 더 이상 그의 전화를 기다리지 않을 때, 오랜만에 잡은 그의 손이 동성 친구의 손처럼 평범할 때, 이번 주말엔 방해받지 않고 혼자 쉬어야지 생각할 때, 꽤 오랜만에 그가 생각난다 싶을 때, 지난번에 그가 어떤 옷을 입었는지 기억조차 나지 않을 때, 그를 보는 내가 더 이상 웃고 있지 않을 때, 동창 모임에 그의 모습이 보이지 않아도 서운하지 않을 때, 어느 날 길을 걷다가 무심코 'ㅇㅇㅇ성형외과'라는 간판을 보고 나서 '아, 그의 이름이 ㅇㅇㅇ였지'라고 생각날 때, 별다른 느낌 없이 그냥 아무것도 아닌 일인 듯, '아, 그의 이름이 ㅇㅇㅇ였지'라고 떠올릴 때, 그때 비로소 깨닫는 것이다. 사랑이 끝났음을. 이미, 나도 모르게, 끝나 있었음을.

🌱

드라마 「달콤한 나의 도시」는 정이현 작가의 동명 베스트셀러 소설을 원작으로 하고 있다. 시청률 대박은 아니었지만, 드라마도 20~30대 여성들의 트렌드를 주도하며 나름대로 인기를 끌었고, 주인공을 맡은 배우 최강희의 스타일도 자주 화제에 올랐다.

아마도 소설 속 그녀들이 동시대를 살고 있는 '바로 우리' 같았기 때문이리라. 「달콤한 나의 도시」에서 서른한 살의 그녀, 은수(최강희 분)는 영화감독을 꿈꾸는 일곱 살 연하의 태오(지현우 분) 그리고 유기농 먹거리 회사의 CEO 영수(이선균 분)와의 연애를 이어나간다. 우리

살다 보면
입맛이
쓰지만

모두처럼, 은수의 연애는 쉽지 않고 비틀거리고 아프지만, 그 덕분에 은수는 조금 더 성장할 수 있었다. 아마 그래서 우리는 그녀, 오은수를 사랑했을 것이다. 우리와 같이 부족하고 허술한 그녀가 우리랑 똑같이 사랑하고 아파하고 헤어지면서, 그러면서 일구어낸 작은 성장의 가치를, 누구보다 우리가 가장 잘 알고 있기에.

옛 애인의 결혼식이 있던 날, 허전함을 이기려 들렀던 술자리에서 은수는 우연히 태오를 만난다. 끌림, 대화, 키스 그리고 모텔까지 이어지는 우연한 만남. 다음 날 아침, 모텔 앞. 서로 전화번호를 교환하며 은수는 망설인다. 이렇게 어린 남자를 만나도 되나, 이래도 괜찮은 건가, 나, 너무 막 나가는 건가. 그때 태오가 하는 말은 다소 닭살스럽기도 했지만, 참, 예뻤다. (시간이 남아서 원작 소설을 뒤져봤더니, 이 대사, 소설에는 없다.)

: 태오 : (하늘을 가리키며) 우주의 나이가 몇 살이게요? (은수가 하늘을 보면) 140억 살! 우주의 나이를 생각하면, 우린 동갑이나 마찬가지예요!

예쁘게 웃으면서 이렇게 말하는 남자애가 있다면 나도 은수처럼 끌리고 말겠지. 아니라고 생각해도, 아니어야 한다고 생각해봤자, 연애는 이미 시작되어버린 것이다. 어느 틈에 내 속을 비집고 들어와, 전부가 되어 있는 것이다. 나, 이 아이가 정말 좋다, 하고.

다른 모든 연애처럼, 처음엔 온통 태오만 보이던 은수에게 점점 객관적인 상황이 눈에 들어오기 시작한다. 태오는 너무 어리고, 넉넉지 않은 경제 형편에 아르바이트로 돈을 모아 영화를 하고 싶어한다. 그러는 동안 자신의 친구들은 사랑 없는 결혼을 하거나 직장을 때려치운다. 게다가 주위에는 조금 더 세상의 기준에 부합하는 남자 영수가 있다. 서른한 살 은수가 보기에, 태오는 아직 사회적으로 자리 잡지 못한, 세상이 온통 영화로 보이는 이상주의자일 뿐이다. 태오가 아무리 예쁘게 웃어도, 속 깊은 말을 해도. 때 묻지 않아 더 부담스러운 그 마음을, 스물네 살 태오가 알까. 그래서 둘 사이는 미묘하게 어긋난다. 태오가 싫은 게 아니라, 그냥, 은수 자신도 알 수 없는 마음이다.

: 태오: 왜 그랬어요?

: 은수: 그렇게 된 거야. 일부러 그런 거 아니야.

: 태오: 자기 정말…… 내 마음 안 보여요?

: 은수: 태오야……

: 태오: 거기, 못 가서 이러는 거 아냐. 왜 솔직하게 말을 못해요. 나한테? …… 왜 못 하냐구…… 나한테…… 자기가 그럼…… 나 이상한 생각 들어…… 왜 날 못 믿어요? 왜 날 숨겨요?

: 은수: 그런 말이 어딨어.

: 태오: 그런 생각 들게 했어!

: 은수: ······

: 태오: 아, 정말! 나 이럴 때 어디 갇힌 거 같아. 다락방에 갇힌 거 같다고.

: 은수: ······미안해.

: 태오: ······자기····· 왜 날 사랑해요?

: 은수: (놀라 쳐다본다)

그래도 연애는 계속된다. 밤에 갑작스레 무서움이 엄습할 때, 은수가 전화를 걸어야 할 사람은, 그때 두말 않고 달려와줄 남자는 태오니까. 그리고 시작된 동거, 새로운 생활. 무엇보다도, 사랑하니까.

: 은수: (태오를 안으며) 미안해. 무서워서 그랬어.

: 태오: 뭐가 무서운데.

: 은수: 난 있지, 항상 맘이 두 개다? 사랑하면서도····· 사랑 맞나? 갖고 싶으면서도 가져도 되나? 사랑하면서도 도망치고, 도망치면서도 잡혀 있구····· (태오가 몸을 떼고 은수를 보려고 하면 은수가 태오를 다시 꼭 안는다) 보지 마····· 맞아····· 다 좋기만 했던 건 아니야. 네가 스물네 살이 아님 좋겠단 생각도 했었고, 네가 그냥 평범하게····· 회사나 다님 좋겠단 생각도 했었고····· 너 땜에 내가 늙은 여자 같을 때도 있었고····· 나만 혼자 세상사 땟국물에 찌든 인간처럼 느껴질 때도 있었어. 사람들이 뭐라 그럴까봐 무섭고, 친구들은 뭐라 그럴까····· 부모님은 또 뭐라 그럴까····· 그러다, 내가 뭣

땜에 이런 생각을 해야 되나, 너만 아니면…… 왜 하필 너니…… 그럴 때도 있었어. 태오야, 나는 왜 이럴까…… 그렇지만 있잖아, 그렇다고 내가 너…… 사랑하지 않는 건 아니다? 그런 생각할 때도, 나 너 사랑해. 아니?

: 태오: 알아.

: 은수: ……

: 태오: 안다니까…… 알지, 그럼. (장난기 어린 말투로) 어떻게 날 안 사랑하겠어. 이렇게 잘생기고, 이렇게 착하고.

: 은수: (웃으며) 다 취소. 다 뻥. …… 정말 알지?

: 태오: (은수를 안으며) 알아. 그리구 고마워요. 말해줘서. 그리구 나두 해, 그런 생각.

: 은수: 뭐?

: 태오: 내가 오빠면 더 좋겠다, 씨.

: 은수: 오빠? (웃는다.)

제대로 된 연애라면, 이런 순간, 있다. 진심을 다해 사랑하는 순간, 그 사랑을 서로 보아주는 순간. 그래서 울컥해지고, 아무리 꽉 안아도 모자라다 느껴지고, 조금이라도 더 가까워질 수 없나 안타까워서 가슴이 무너지는 순간.

살다 보면
입맛이
쓰지만

그러나, 연애는, 끝난다.

누군가의 잘못 없이도, 제아무리 대단했던 연애라도 때가 되면 끝난다. 연애의 수명은 그 연애가 담아냈던 사랑의 강도와는 관계가 없다. 7년간 지속된 연애가 일주일 만에 끝나버린 연애보다 더 강한 것이었다고 말할 수는 없는 게 연애다. 연애의 수명을 미리 예측하는 것 또한 불가능하다. 사랑이 언제 올지 알 수 없듯이, 사랑이 언제 사라질지도 알 수 없는 것이다. 그것은 유한한 우리 인간의 영역이 아니다. 사랑이 끝나도 사랑했던 기억은 남는다. 끝난 사랑이라고 해서, 그 사랑의 진정성을 의심할 수 있는 것은 아니다. 모든 관계는 생겨나서 그 몫을 다하고 나면 끝난다. 그게 다다.

예전에는 연애가 끝나지 않을 방법을 찾았었다. 연애가 끝나버릴 이유를 찾아 개선한다면 연애는, 사랑은, 영원할 수 있을 거라 믿었다. 내가 게을러서, 네가 충실하지 못해서, 객관적인 상황이 힘들어서…… 상대를 비난하기도 했고 자학하기도 했다. 어떻게든 꺼져가는 관계의 불씨를 살려보려고 안간힘을 썼다. 그 과정은 두 사람 모두를 더욱 지치게 만들었다. 예전만큼 좋지 않은데 어떡하란 말인가. 아닌 척하기에는 나도, 그도 연기력이 부족했다. 그냥 내 마음이 식었다는 것, 나만큼 그도 식었다는 것, 더 이상 내가 그를 설레게 하지 못한다는 것, 웃게 하지 못한다는 것. 아프지만 그것이 진실이었다.

그래서 마지막으로 내가 했던 말.

─미안해.

그리고,

─안녕.

끝을 받아들인다는 것은 힘든 일이다. 한때 그토록 찬란했던 사랑이 이제 빛을 다해가는데, 내가 할 수 있는 일이 그저 받아들이는 것뿐이라니. 그러나 정말로 그게 다다. 끝이 왔다는 것을 인정하고 받아들이는 것이 전부다. 누구의 잘못으로 이 관계가 끝난 것이 아님을. 그냥 이 관계가 수명을 다했음을. 그러니, 한때 나의 전부였던 연인이 나를 떠나 새롭게 행복하기를, 나 또한 새롭게 사랑할 수 있기를 진심으로 바랄 수 있게 된다면, 우리는 조금 더 어른이 되었다고 말할 수 있으리라. 그것이 연애가 우리에게 주는 가장 큰 선물, 바로 '성장'이 아닐까.

은수와 태오의 연애에도 끝이 찾아온다. 주체할 수 없이 끌렸지만, 몸과 마음을 다해 사랑했지만, 끝은 온다. 은수의 잘못도, 태오의 잘못도 없이, 어느 순간, 아, 이 연애가 진짜 끝났구나라는 깨달음이 가슴을 치는 순간이.

: 태오: 나, 다시 출근해요. 9월에 영화 들어간대.

: 　은수: 응.

: 　태오: 잘됐죠?

: 　은수: 응.

: 　태오: 자기…… 괜찮은 거죠? 다…… 괜찮은 거죠?

: 　은수: ……

: 　태오: 자기, 부탁이 있어요. 나에 대해 생각해줘요. 자기가 생각할 수
  　있는 나에 대한 모든 거, 우리에 대한 모든 거……

: 　은수: ……

: 　태오: 해줄 거죠?

: 　은수: ……(고개를 끄덕인다)

: 　태오: 갈게요.

: 　은수: (뒤에서 태오를 안는다) ……가지 마…… 괜찮지 않아…… 하
  　나두 괜찮지 않아……

: 　태오: ……내가 지금 얼마나 가고 싶지 않은지 자기는 몰라요. 내가
  　여기 얼마나 좋아하는지…… 내가 자기 얼마나 좋아하는지…… 내
  　가 지금 자길 얼마나…… 안고 싶은지. (돌아서서 은수를 가만히 보다
  　가 두 손을 쥐고) 그치만, 안 돼요.

태오가 떠나고, 은수는 친구에게 말한다.

: 　은수: 더는 잡을 수가 없더라구. 그 애 눈을 보고 있는데…… 아, 이

제는 내 모자란 마음을 이 애가 아는구나. 다 아는구나. 다 들켜버렸구나. 그러니까 더는, 잡을 수가 없더라구.

끝나버린 내 연애들을 돌아보며, 나는 그렇게 말하던 은수를 떠올린다. 그때 은수의 처연함, 그래도 끝남을 받아들인 자의 성숙함을. 그렇게 은수처럼, 그 누구의 탓도 아닌 '끝'을 받아들이면서 우리는 조금씩 어른이 되어가는 것이리라.

이별의 진실과 마주하는 순간

「고맙습니다」, 2007, MBC
극본: 이경희, 연출: 이재동

「고맙습니다」는 이별로 시작하는 드라마다.
기서(장혁 분)는 사랑하는 지민(최강희 분)과
이별해야 한다. 그녀가 췌장암 말기라는 사실을 알
게 된 것이다. 도리어 떠나야 할 지민은 태연하게, 담담하게, 기서의
선짓국에 밥을 말아준다.

: 　지민: 우리 귀족 왕자님~ 선짓국의 참맛을 아는 건 보고 죽어야 되는
　　　　데. (기서, 지민을 바라보면 지민이 기서에게 소주를 따라주며) 진짜 반

갑다, 내 사랑. 되게 되게 보고싶었어.

: **기서**: 네 CT 봤어.

: **지민**: ……응.

: **기서**: 착오가 있었나봐. 다른 사람 거랑 바뀐 거 같아. 다시 한 번 찍자.

: **지민**: 내 거…… 맞을 거야. 팬크레아틱 캔서(췌장암)지? 나 지금 되게 좋아, 형. 여긴 진짜 할 일이 너무 많다? 의료 사각지대에 있는 노인도 너무 많구…… 무지해서 떠나는 젊은 목숨도 많구…… 그냥…… 여기서 끝낼래, 내 남은 시간.

그러나 기서는 포기할 수 없다. 이 난데없는 이별이라니. 기서는 주위의 만류에도 불구하고 자신이 직접 지민을 수술하겠다고 한다. 기서는 마취 후 수술대 위에 누운 지민에게 입을 맞추고 마침내 메스로 사랑하는 연인의 배를 가르지만 이미 지민의 암은 손을 쓸 수 없게 퍼져버린 상태였다. 수술은 그렇게 실패로 끝난다.

그리고 지민은 커다란 곰 인형을 사서 섬으로 가는 배에 오른다. 세상과의 이별을 준비하고 있는 지민에겐 마지막으로 꼭 해야 할 숙제가 있기 때문이다.

: **기서**: 숨겨둔 남자 있냐? 내연의 남자가 저 섬에 살아?

: **지민**: 죽기 전에…… 사과해야 할 사람들이 있어서.

: **기서**: 뭐? 뭔 소리야, 그게……

: 지민: 내 실수로 HIV에 감염된 아이가 있어. 그땐 너무 겁나고 무서워서…… 내 잘못 아니다…… 발뺌하구…… 부인하구…… 도망만 다녔는데, 저 섬에 살고 있어. 내가 2년 전에…… 실수했던 그 아이가.

: 기서: 재수가 없었던 거지. 그게 어떻게 네 실수야.

: 지민: 그땐 나도 그런 줄 알았어. 근데…… 아니야. 내가 헌혈자만 제대로 선택했어도 그 꼬마는……

: 기서: 세상에 환잘 잘못되게 하려는 의사가 어딨어! 어떤 경우에도 가해자가 될 수 없어, 의사는! 너도…… 우리 아버지도.

: 지민: ……춥겠다. (곰 인형에게 자기 목도리를 둘러준다) ……형이…… 대신 해줄래? 혹시 내가 못 만나고 가게 되면…… 형이 대신 얘기 좀 해줘. 그 아이…… 사실은 내 잘못이 컸다고. 고의는 아니었지만, 미안했다고.

: 기서: 지민아.

: 지민: 살아오는 내내 가슴에 두고 마음 아파했다고.

: 기서: 그만 말해. 됐어. 힘들어.

: 지민: 그럼…… 용서해줄 거야. 참 좋은 사람 같았어, 그 아이 엄마.

: 기서: 싫어! 안 해! 그러다가 네가 죽는다구! 그만 입 다물어, 이 자식아!

　　지민의 슬픈 눈을 보면서 나는 생각했다. 이별은 사람을 현명하게 만든다고. 헤어짐의 순간에서야 진실로 명확해지는 것이 있다고.

　　지민에게 죽음이 다가오지 않았다면 그녀는 사과하지 않았을 것이다. 그냥 가슴에 품고 비겁하게 살았을 수도 있다. 그러나 이별의 순간에서는 가장 중요한 것, 가장 시급한 것, 가장 마음 깊이 품고 있던 것이 툭, 튀어나온다. 그래서 이별할 때 우리는 가장 선명한 진실과 대면하게 되는 것인지도 모른다. 이별은, 진실에 직면하는 순간이다.

지민은 자신의 실수와 대면했고 그 아이에게 사과를 해야 한다는 마지막 숙제를 받아들인 것이다.

※

지민은 죽음이라는 피치 못할 조건 속에서 이별을 준비해야 했지만, 현실 속의 우리는 스스로 이별을 결심해야 한다. 살아 있는 우리가 이별을 선택하는 일도 때로 죽을 만큼 힘들 수 있다. 또한 마찬가지로 이별을 선택하는 일은 진실을 마주하는 것이므로, 헤어짐의 순간 우리는 이를 악물고 '제1의 진실'이 마음속에서 툭, 튀어나오는 것을 목격한다. 그래서 인정하기 두려웠던 진실을 더 이상 외면할 수 없음을 깨닫는 순간 우리는 이별을 결심하는 것이다.

우리가 더 이상 사랑하지 않는다는 것, 인간은 누구나 혼자라는 것, 우리의 연애가 흔하고 하찮았다는 것, 나는 아무도 사랑하지 못했다는 것, 혹은 나의 사랑이 사랑이라 부르기 무색할 정도로 허약하고 비겁하다는 것, 그리하여 이미 끝났으며, 지금 끝내야 한다는 것……

사랑은 나도 모르게 다가오고 교통사고처럼 급작스럽게 시작되지만, 이별은, 적어도 이별하는 행위는 의식적으로 결심하고 선택해서 행해야만 한다. 즉, '이번 일요일 오후에 사랑을 시작하겠어'는 불가능하지만, '내일 점심에 이별하겠어'는 가능하다. 헤어지겠다는 결심이 서기까지 우리는 고통스럽게 나 자신에 대해, 우리의 관계에 대해 돌아보아야 하며, 예상되는 고통에도 불구하고 헤어지는 것이 더 낫다는 선택을 해내야 한다. 그 선택이 너무 힘들어서, 우리는 때로 이별을 미루거나 부정한다.

그러나 분명한 사실. 이별은 사랑만큼 중요하다. 많은 경우, 이별은 사랑보다 성숙한 행위이며, 이별을 통해 우리는 인생과 사랑의 본질을 더 많이 이해할 수 있다. 이별이 우리에게 보여주는 진실이 무엇이든 간에 그것은 그 순간 내 영혼이 가장 말 걸고 싶었던 주제이리라.

세상은 내 마음대로 움직이지 않는다. 상대방의 마음도 내 마음 같지 않다. 그러나 그럼에도 불구하고, 나는 '내 마음대로' 이 관계를 끝낼 것을 결심할 수 있다. 즉, 이별을 결심하는 것만큼은 마음대로 되지 않는 사람 사이의 관계 속에서 유일하게 가능한 내 마음의 선택이다.

나의 첫 이별을 생각했다. 처음으로 이별하기를 스스로 선택했던 날, 그때 내가 마주했던 진실, 덕분에 내가 배운 것들, 이후 내게 일어났던 모든 이별의 시작이 되었던 첫 이별의 날. 그래서 첫사랑만큼이나 중요했던, 첫 이별.

🌱

　내 첫 이별의 상대는 첫사랑의 상대와 달랐다. 그 사실을 떠올리고 처음에 든 생각은 '어? 이거 논리적으로 말이 안 되잖아?'였다. 첫사랑이 끝나는 게 첫 이별 아닌가? 그런데 내 머릿속에 떠오른, 이 명백히 별개인 두 남자는 뭐야?

　조금 생각해보니, 그리 이상한 일도 아니었다. 첫 이별의 이유가 '사랑하지 않아서'였으니까. 당연했다. 말도 안 되게 버벅거렸지만, 어떻게 헤어지자는 말을 꺼내야 할지 몰라서 몇 달을 미루었지만, 결국 그게 이유였다. 나는 단 한 순간도 그를 사랑하지 않았다. 사랑해서 시작한 연애가 아니었다. 그럼 왜 시작했느냐고 묻는다면, 그에겐 정말 미안한 말이지만, 호기심 때문이었다. 그는 내 인생 최초로 나에게 대시한 남자였고 나는 대학에 갓 입학한 신입생이었다. 이제 '연애'라는 걸 당당하게 해도 되는 때가 왔고, 게다가 나는 호기심과 모험심이 충만한 성격이었다. 그냥 궁금했던 거다. 연애라는 게 어떤 건지, 누구나 하는 거라니까 '경험 삼아' 한번 해봐야 하는 건 아닌가 하는 기분으로, '필수과목'을 신청하듯이. 그때 마침 그가 고백을 해왔다.

　'이 남자는 아니다'라는 생각이 떠오른 건 연애를 시작한 지 한 달이 지난 뒤였다. 당혹스러웠다. 아닌 것 같은데, 뭐라고 말을 해야 하지? 우습게도 어떻게 해야 할지 몰라서 어영부영 1년 동안 그 관계가 유지되었다. 1년 정도 지나니 머릿속에 확고하게 '헤어져야 해'라는 생각이 자리 잡기 시작했다. 바보 같지만, 나는 헤어지자는 말을 어떻게 꺼내야 할지 몰랐다. 그 말을 끄집어냈을 때 어떤 결과가 발생할지, 전혀 예측할 수 없어 두려웠다. 그렇게 또 몇 달이 지났다. 그때는 어려서, 처음이어서, 그렇게 흘려보내는 시간이 얼마나 아까운지 가늠하지 못했다. 그리고 마침내 '그날'이 왔다.

카페였다. 그와 나는 마주앉아 있었다. 여름날이었다. 결심을 했으나 여전히 두려운 나는 망설이고 있었다. 그는 나에게 요즘 왜 그러느냐고 했다. 이럴 거면 차라리 헤어지자고 했다. 그 순간 정신이 번쩍 들었다. 그의 입에서 나온 '헤어지자'는 말이 물꼬를 터준 것이다. 그렇구나. 헤어지자는 말이 이렇게 실제로 말해질 수 있는 거구나. 웃기지만 그때 나는 정말로 그렇게 생각했다. 그리고 나도 입을 열었다.

"그래, 헤어져."

그는 당황했다. 진짜 헤어지자는 뜻은 아니었다고, 그냥 화가 나서 해본 말이었다고, 나보다 고작 두 살 많은 남자가 말했다. 나는 대답했다. 나는 진짜 헤어지자는 뜻이라고, 그냥 화가 나서 해본 말이 아니라고. 그러고 나서 나는 자리에서 일어나 카페를 나왔다. 내 뒤에서 그가 나를 붙잡지도 못하고 멍하니 앉아 있었다.

카페 문을 열고 나오는 순간, 나에게 처음 떠오른 단어는 '자유'였다. 이어서 국어 시간에 배웠던 이상의 「날개」라는 단편소설도 생각났다. 겨드랑이가 가렵고 날개가 돋을 것 같았다. 아아, 이 날 것 같은 기분이라니. 마음 한편이 날아갈 듯 가뿐해질수록, 마음 한편은 점점 쓸쓸해졌다. 그렇구나. 저 남자와의 관계가 이토록 아무것도 아니었구나. 그저 무거운 부담이었구나.

슬프지 않은 것은 아니었다. 그날 밤 집으로 돌아오던 길, 이제는 그 사람과 이 길을 같이 걸을 일은 없겠구나 하는 생각이 들어서, 조금 울었다. 가슴이 싸했다. 그런 와중에도 끝내길 잘했다 싶었다. 이렇게 힘든데도 헤어진 데 대한 후회가 전혀 들지 않아서 맞는 선택을 했다 싶었다.

그것이 나의 첫 이별이었다. 내 곁에 있던 사람을, 의식적으로, 곁에 두지 않기로 결정한 첫 번째 경험. 그때 나는 진실과 대면했다. 정말로 내가 그를 사랑하지 않았다는 것. 그날 이후 단 한 순간도 그 헤어짐을 후회하지 않았다는 것. 혼자되는 것에 대한 나의 두려움이 생각보다 컸다는 것. 그럼에도 나는 궁극적으로 혼자라는 것. 사랑이 때로 비겁한 핑계가 되며, '아니'라고 생각되면 정말 아니라는 것. 그때는 단호하게 결심해야 한다는 것. 질질 끄는 것은 결국 시간낭비에 불과하다는 것. 그래서…… 결국…… 나는 그를 사랑하지 않았다는 것.

그날 이후 계속 연락을 시도하고 심지어 이른 아침 우리 집 앞에서 나를 기다리고 서 있기까지 했던 그 남자가, 카페에서의 그날로부터 얼마 지나지 않아 바로 다른 여자애와 새로 연애를 시작하는 것을 보고, '아, 그도 나를 사랑하지 않았구나' 확인하게 되는 일도 있

살다 보면
입맛이
쓰지만

었다. 그것은 내가 그를 사랑하지 않았던 것만큼이나 명백한 진실이었다.

반복된다고 이별이 쉬워지는 것은 아니었지만, 확실히 두 번째 이별은 첫 이별보다는 나았다. 적어도, 사랑하지 않으면 헤어져야 한다는 것은 분명히 알고 있었기 때문이다. 아니라고 판단되면 이별을 미루지 않았다. 누군가의 말처럼, '세상에서 가장 나쁜 이별은 진즉에 했었어야 했는데 여태 못하고 있는 이별'이니까. 이별할 때는 세상이 다 끝난 것 같아도, 시간이 흐르면 다음 연애가 시작되었다. 어쩌면, 이별했기에 시작할 수 있었던 건지도 모르겠다. 매 이별마다 내가 마주했던 진실 덕분에 조금씩이나마 내 연애들이 업그레이드될 수 있었는지도.

🌱

배 위에서 지민을 떠나보낸, 그렇게 첫 이별을 겪은 기서가 몰랐던 게 있었다. 배 위에서 지민이 숨을 거두기 전, 자신의 실수로 에이즈에 감염된 꼬마 봄이(서신애 분)를 만났다는 것. 그래서 지민의 마지막 선물, 곰 인형이 제대로 임자에게 전달되었다는 것. 지민이 자기 대신 사과를 전해달라던 봄이의 엄마 영신(공효진 분)을 운명처럼 만났다는 것. 그녀를 사랑하게 되었다는 것.

어쩌면 지민과의 이별이 기서에게 가르쳐준 진실은, '사랑은 사라지지 않는다'는 것일까? 하늘이 무너지고 가슴이 부서져도 사랑은 기적처럼 다시 온다는 것. 이별은 더 성숙한 시작의 다른 이름이라는 것.

그래서 오늘 나는, 나의 첫 이별에 감사한다.

어쩌면 나의 모든 것의 시작이었던.

살다 보면
입맛이
쓰지만

그가 남긴 이별의 쪽지 한 장

미국 드라마 「앨리 맥빌(Ally McBeal)」, 1997~2002, FOX
시즌4 에피소드22
극본: 데이비드 E. 켈리, 연출: 마이클 슐츠

　　20대 초반, 나와 친구들의 모든 관심사
는 '연애'와 '남자'였다. 입시의 압박에서 풀려
난 우리 앞에 새로 펼쳐진 신세계—연애와 남자—에 대한 우리의 호
기심은 차고도 넘쳤고, 캠퍼스에서 카페에서 술집에서 만나기만 하면
이 미지의 세계를 개척해나갈 정보를 공유하며 수다를 즐겼다. 그 수
다는 특정 남성의 캐릭터 분석부터 스킨십 요령, 남자를 사귀는 방법
까지, 일반이론부터 세부사항까지 포괄하는 광범위한 것이었다.

　　심지어 우리는 대화에서 소외되는 친구를 돕고자 커플 매니저 역할까지 자처했는데, 대학 입학 전 학교와 집과 도서관만을 왔다 갔다 했다는 전설적인 모범생이었던 한 친구가 타깃이었다. 연애해! 얼마나 재밌는데! 얼마나 새로운데! 데이트라도 해봐! 네가 뭐가 모자라! 남자에게 마음을 열어! 그리고 구체적인 인물 추천까지. ○○○ 괜찮지 않니? 아니야, 걔 키가 너무 작아. ○○○ 선배가 낫지 않아? ○○○가 너한테 맘이 있는 것 같던데? 당시 우리 학교에 재학 중이던 괜찮은 남성들이 자신도 모르는 사이 유력 후보로 부상했다가 좌천되는 과정이 카페와 술집 테이블 위에서 벌어지곤 했다.

그리고 마침내 오지랖 넓은 친구들의 부추김에 힘입어 그 친구가 평소 그녀를 짝사랑해오던 B와 연애에 돌입했을 때, 우리는 함께 모여 축배를 들며 그들의 아름다운 사랑을 기원했다. 이후 한동안 우리는 마치 우리 자신이 B와 연애를 하는 심정으로, 친구가 들려주는 데이트 이야기를 경청하곤 했다. 그녀가 들려준 에피소드 중에는 상당히 애틋한 것도 있었다. 예컨대 그녀를 집까지 바래다주던 B가 갑자기 그녀에게 꼭 쥐여준 반지는 B의 할머니 대부터 대대로 아들들이 선택한 여성의 손가락에 끼워질 운명의 반지였다든지 하는. 1년 여의 짝사랑과 두어 번의 데이트 후에 바로 '그녀가 내 운명의 짝'이라 확신하는 과감함은 B 역시 20대 청춘이었기에 가능했을 테지만.

그러나 친구들의 부추김과 가벼운 호기심에서 시작된 그들의 연애는 그녀가 미국으로 1년간 어학 연수를 떠나면서 바로 끝나버렸다. 그녀가 떠나고 B가 폐인 모드로 술집들을 떠돌고 있다는 소문이 돌았다. 그들의 연애를 부추겼던 우리 모두 일말의 죄책감에 휩싸였고, 우리 중 한 명은 속죄의 의미로 B에게 술을 사기도 했다.

"아니, 얼마나 독하게 헤어졌는데 그렇게 힘들어하는 거야?"

궁금했다. 그녀가 얼마나 논리적이고 지적이며 자존심 강하고 도도하며 가끔 얼마나 차가운지를 아는 우리는, B를 녹아웃시킨 그녀의 '마지막 한 방'이 무엇인지 정말 궁금했다. 그리고 우리에게 돌아온 대답은 이러했다.

"아무 말도 없이 연락을 끊어버렸대."

아. 정말 그녀다운 한 방이었다. 그녀는 구구절절한 변명 따위는 하지 않았다. 후회나 사과의 눈물 따위는 더더욱 흘리지 않았다. 그녀가 일방적으로 키를 누름에 따라 B의 남은 감정은 가차 없이 '강제 종료'되었다. 술과 담배로 나날이 피폐해져가다가 마침내 군대로 떠난 B를 보면서, 남아 있는 사람을 가장 괴롭힐 수 있는 이별의 방식이 '일언반구도 없이 사라지는 것'임을, 나는 막연하게 배웠다.

🌱

그래서일까. 이별에 대처하는 래리의 방식은 감동적이기까지 했다. 「앨리 맥빌」 시즌 전체를 통틀어 가장 사랑스러웠던 앨리와 래리 커플의 헤어짐은 물론 가슴 아팠지만 말이다.

보스턴의 잘나가는 변호사이자 운명의 반쪽을 찾아 헤매는 앨리 맥빌(칼리스타 플록하트 분)은 어느 날 아침 이상한 예감을 느낀다. 바로 그녀의 남자친구 래리(로버트 다우니 주니어 분)가 자신을 찰 거라는 예감. 래리 역시 전날의 데이트에서 그가 준비한 프러포즈 반지가 담긴 디저트 접시가 다른 테이블로 잘못 배달되면서 그들의 만남이 끝나고 말 거라는 불길한 징조를 느낀다. 그리고 노래 가사처럼 '슬픈 예감은 틀린 적이 없다.' 마침내 래리의 마지막 말.

"난 나 자신을 못 믿어. 나는 아빠로서도 실패했고 남편으로서도 실패했어. 실패의 원인을 안다고 하면 거짓말이겠지. 가장 큰 거짓말은 다시는 실패하지 않겠다는 거야."

한 번 결혼에 실패했던 래리는 새로운 관계를 만드는 것이 두려웠던 것이다. 앨리 주변의 모든 친구와 가족 들은 성급하게 결정하지 말라고, 만나서 대화하라고, 오해를 풀라고, 그는 아직도 너를 사랑한다고 이별을 만류한다. 앨리가 래리를 여전히 사랑하고 있다는 것은 누가 보아도 명백했으니까.

그러고 나서 사무실에 들어서는 앨리에게 비서가 말한다.

"래리가 사무실에 들렀었어요."

앨리의 표정이 환해지려던 찰나.

"쪽지를 전하러요."

앨리의 표정이 다시 어두워진다. 무슨 말이 쓰여 있는지 이미 알고 있다며 쪽지를 받지 않고 들어가는 앨리. 비서가 펼쳐본 쪽지에는 이렇게 쓰여 있었다.

"사랑해. 안녕(I love you. Goodbye)."

아, 사랑을 담아 '명백하게' 이별을 선언하는 이 남자의 마지막 배려라니.

가슴이 찢어질지라도, 끝은 그렇게 분명해야 한다. 아니 오히려 가슴이 아플수록, 이별은 더욱 명확해야 한다. 한때나마 우리가 사랑했던 바로 그 사람을 위하여.

🌵

침대 옆 협탁에 휴대폰을 올려두고 내내 그의 전화만 기다렸던 시간이 있었다. 사랑해서는 아니었을 것이다. 호감과 몇 번의 데이트를 사랑이라고 말한다면 사랑을 너무 쉽게 보는 것일 테니까. 다만, 아무 이유도 없이 연락이 끊겼기 때문이다. 그 이유를 알 수 없어 수많은 추측을 했어야 했기 때문이다. 그 숱한 추측 속 어딘가에 자리 잡고 있었을 그의 마음을 도무지 가늠할 수 없었기 때문이다. 그와 마지막 만남을, 마지막 전화를 수도 없이 복기하면서, 그 안에 내가 미처 감지하지 못한 단서가 있는지 헤매는 과정이 너무나 지리멸렬해서. 그의 '뜻'을 헤아리지 못하는 내가 너무나도 아무것도 아니어서. 채 정립되지도 않은 관계에 목을 매는 내가 처량해서.

마음은 수도 없이 롤러코스터를 탔다. 수수께끼의 미궁 속으로 나를 던져넣은 그가 너무 미웠다가, 그딴 자식 때문에 속 썩지 말자고 다짐했다가, 다시 한없는 우울 속으로 잠겨들었던 그 지옥 같던 시간 속에서, 나는 문득 오랜 기억 속의 B를 떠올렸다. 그저 아주 짧은 시간 동안 내 친구의 남자친구였을 뿐인 B와 아주 가까워진 것 같은 기분이 들었다. 그녀가 일언반구도 없이 사라진 후 B도 지금 나처럼 이렇게 힘들었겠구나, 이렇게 억울하고 답답했겠구나 싶었다.

번민과 기다림으로 가득 찬 시간이 한 달쯤 지났을 무렵, 마침내 나는 이 끔찍한 원망과 기대의 사이클을 벗어나야겠다고 결심했다. 그러고는 내 마음속에 '이해할 수 없는 일'이라는 폴더를 새로 만들어, 그 안에 그 남자와 관련된 모든 것을 집어넣었다. 나다운, 멋지고 쿨한 마무리라고 생각했다.

그에게 문자가 온 것은, '이해할 수 없는 일' 폴더에 그를 집어넣은 다음 날이었다.

"많이 아팠어. 네 생각 많이 났다. 다음 주 화요일 저녁 때 볼래?"

나는 즉각 그를 '이해할 수 없는 일' 폴더에서 '실현 가능한 연애' 폴더로 옮겼다. 그나마 (나도 흔쾌하지 않았음을 표시하려고) 5분을 기다렸다 답문자를 보낸 것과, 문자 앞에 '…'을 찍은 것은 알량한 자존심을 보호하기 위한 소심한 조치였다.

"…그랬구나. 화요일 저녁 괜찮아."

차갑고 도도한 도시 여자인 내가, 도저히 풀 수 없는 수수께끼만 던지고 무책임하게 사라진 그를 이토록 쉽게 용서해버린 이유는…… 궁금했기 때문이다. 도대체 왜 연락을 끊은 거냐고 물어보고 싶었기 때문에.

화요일 저녁 7시부터 가로수길의 한 카페 2층에서 창밖을 힐끗거리며 나는 그를 기다렸고, 그는 갑자기 일이 생겼다며 8시가 넘어서 모습을 드러냈다. 그가 가볍게 입을 열었다.

"휴대폰 바꿨네?"

그가 나에게 연락을 끊은 사이에 나는 고통을 이기려고 대청소를 하고 한강에 나가서 뛰고 시시때때로 요가를 하며 심호흡을 하고 기분 전환을 위해 휴대폰까지 바꾸는 선택을 감행했던 것이다. 잊을 뻔했다. 아니, 잊고 있었다.

"네가 보낸 답장 있잖아. 그거 보니까 그냥 가슴이 아프더라."

그는 부드럽고 모호한 표현으로 미안하다는 말을 피해갔다. 왜 갑자기 연락을 끊었는지, 다시 문자를 보낸 이유는 뭔지, 그는 말하지 않았다. 나도 묻지 않았다. 어디가 아팠어? 아팠다고 해도 전화 한 통 못할 정도로 아팠던 건 아니었잖아. 뭐가 그렇게 네 마음에 걸렸어? 목구멍까지 차오르는 질문을 묻지 않았다. 그 질문으로 인해 앞으로 질문할 수 있는 기회조차 사라지게 될까봐 겁이 났기 때문이다. 대신 우리는 다음 데이트 약속을 잡았다. 좀 더 발전된 관계를 위해 한 단계 고비를 넘었다는 안도감마저 들었다.

그리고 다시 한 번의 만남. 마침 다가온 밸런타인데이를 기념해 밤에 우리 집 앞에 찾아온 그는 초콜릿이 담긴 백화점 쇼핑백을 내밀었다. 당시 야근을 밥 먹듯 했던 그는, 퇴근 후에 백화점에 들러 초콜릿을 사는 과정을 거치며 몹시 지친 모습이었다.

"며칠째 잠을 거의 못 잤어."

나는 그의 초췌한 모습과 백화점 초콜릿이, a) 이 관계를 향한 그의 의욕의 증거인지, b) 초콜릿을 사는 데 너무 많은 에너지를 소모한 그가 또 홀연히 사라져버릴 수 있는 새로운 계기인지 잠시 혼란스러웠다.

정답은 b)였다. 그가 다시 연락을 끊은 것이다.

며칠간의 기다림, 그리고 다시 며칠간의 분석 후 그는 다시 '이해할 수 없는 일' 폴더 안으로 들어갔다. 두 번째는 첫 번째보다 조금 쉬웠지만, 그렇다고 힘들지 않은 것은 아니었다. 얼굴을 보고, 하다못해 문자나 메일을 통해서라도 "너는 아닌 것 같다. 잘 살아, 안녕"을 듣는 무안함이 홀로 '연락 끊김'의 수수께끼를 푸는 고통보다는 백배 낫다는 것을 배웠다. 이별에도 예의가 필요하다는 것, 제아무리 하잘것없는 이별일지라도 상대에 대한 최소한의 배려가 있어야 한다는 것을 알았다.

인간을 가장 두렵게 만드는 것은 불확실성이라고 한다. 그래서 사람들이 변화보다 기존 상태—그것이 비록 만족스럽지 않을지라도—를 유지하기를 선택하는지도 모른다. 그래서 그런 불확실성 속에 상대를 던져넣는 것이야말로 가장 잔인한 이별 방식이다. 가는 자야 홀가분하게 자신의 삶으로 돌아가면 그만이겠지만, 남은 자는 끝없이 지난 관계를 복기하며 '버려진 이유'라는 수수께끼를 풀어야 하기 때문이다.

앨리와 래리는 앞서 이별에 대한 대화를 나누었던 적이 있었다.

:   래리: 난 이별을 잘 못해. 생략하는 게 나을 거 같아.
:   앨리: 알았어.
:   래리: 쪽지만 남기고 떠난 꿈처럼, 난 그렇게 떠나.
:   앨리: 래리!
:   래리: 난 이별에 익숙지 않아. 이해해줘. 사랑해. 곧 돌아올게.
:   앨리: 알았어.
:   래리: 하지만 잠깐 들러서…… 작별 인사는 안 할게. 그냥……
:   앨리: 쪽지만 남겨.
:   래리: 그래.

그래서 래리가 남긴 쪽지를 보며, 나는 앨리가 그랬던 것처럼 이 사랑스러운 남자를 내 가슴에서 떠나보내야 함을 알았다. 그가 분명하게 '끝'을 선언했으니까. 이 연애에 더 이상 수수께끼는 없었다. 그의 심중을 헤아릴 필요도 없었고, 숨겨진 단서를 찾느라 불면의 밤을 보낼 이유도 없었다. 그는 자기 몫의 감정을 정리했고 분명하게 그 결과를 통보했으므로, 나는 내 몫의 감정만 정리하면 되었다. 물론 래리가 빠진 후부터 「앨리 맥빌」은 급격하게 맥이 빠졌고, 다음 시즌에 이르러 급히 종료되었지만.

그래도 고마워요, 래리. 이별에 임박하여 당신이 보여준 마지막 배려가. 한때 좋아했던 우리에 대한 최소한의 예의가.

살다 보면
입맛이
쓰지만

두려움 때문에, 후진 사랑

「그저 바라보다가」, 2009, KBS
극본: 김의찬·정진영, 연출: 기민수

「그저 바라보다가」는 톱스타 한지수(김아중 분)와 평범하기 짝이 없는 우체국 직원 구동백(황정민 분)의 '착한 사랑'에 대한 이야기다. 도저히 어울릴 수 없을 것 같은 두 사람의 사랑이, 동백의 순수와 헌신에 힘입어 마침내 이루어진다는 이야기. 그러니까, 어쩌면 판타지라 말해도 좋겠다. 이런 사랑, 현실에서는 아무리 생각해봐도 불가능해 보이므로. 그냥 비루한 현실에 지친 우리들에게 드라마가 전해주는 따뜻한 위안으로서, 판타지.

오히려 이 드라마 속에서 현실에 가까워 보이는 것은, 즉 실제 우리의 모습과 좀 더 유사해 보이는 것은 지수와 강모(주상욱 분)의 관계다. 사랑한다 말하지만, 비겁하고 이용하고 도망가는 관계, 그래서 사랑이라 말하지만 착취와 더 유사한 관계. 그래서 그냥 후진 사랑, 후진 연애. 시간이 흐른 뒤 돌아보면, 아, 그때 나 진짜 후졌었어, 하고 부끄러워질 기억.

톱스타 지수는 유력 정치인의 아들 강모의 숨겨진 연인이다. 강모는 아버지의 정치적 야욕을 위해 자신의 사랑을 희생하고 정략결혼을 하기로 한다.

: **강모**: 미안하다, 지수야. 약혼…… 해야 될 거 같아.

: **지수**: ……

: **강모**: 선거만 마무리되면…… 그러면 너한테 돌아올 거야. (반지를 꺼내 지수의 손에 끼워주며) 약속할게. 많이 힘들겠지만…… 기다려줘……

후진 사랑이란 이런 것이다. 사랑보다 큰 두려움 때문에, 나의 '최선'을 다 줄 수 없는 연애. 상처받을까봐, 쥐고 있는 것을 잃을까봐, 상대가 나를 덜 사랑할까봐, 너무 빠져들어 통제력을 잃어버릴

까봐 두려워서, 도망갈 준비를 하는 연애. 나의 어떤 부분에 혹시라도 해가 갈 상황이 오면 언제라도 철회할 수 있는 사랑. 그래서 후진 사랑은 무엇보다도 비겁하다. 진짜 사랑을 직면하기가 두려워서 눈을 감는 것.

지수와 강모는 함께 차를 타고 가다가 자신들의 연애를 폭로하려고 하는 백 기자에게 쫓긴다. 추격전이 벌어지고 아슬아슬한 찰나, 지수는 강모를 보내고 근처에 있던 동백에게 도움을 청한다. 강모 대신 운전을 했다고 말해달라는 것이다.

:   강모: (정신없이 차를 후진시키려 하지만 차가 움직이질 않는다) 제발, 제발!

:   지수: (결심하고는) 안 되겠어요. 강모씬 내려.

:   강모: 지수야?

    (지수의 차에서 뛰어나와 도망가는 강모의 모습이 보인다)

:   동백: 후…… 죽는 줄 알았네……

:   지수: 죄송한데, 운전면허 있으세요?

:   동백: 예? 예…… 있는데, 왜?

:   지수: 도와주세요! 빨리요!

:   동백: (얼결에) 왜……?

    (지수가 급하게 동백을 운전석에 앉힌다)

지수를 혼자 내버려두고 도망가는 강모의 뒷모습은 얼마나 비겁하고 초라한가. 후진 사랑을 이미지로 표현하자면 딱 이 정도일 것이다. 상대를 놓아두고 도망가는 뒷모습…… 그 뒷모습까지도 정당화하려고 할 때 그 사랑은 이미 흙투성이일 것이다. '이 모든 것이 사랑 때문'이라고 정당화하려 한다면 더욱 최악일 터이다.

　　그래서 이 정도로 정의할 수 있지 않을까. 후진 사랑이란, 자신의 두려움과 나약함 때문에 타인의 마음을 착취하는 것, 그리고 그 사실을 스스로 인정조차 하지 않는 것이라고.

꽃

　　사실 세상에 사랑만큼 위대한 것이 어디 있는가. 사랑이란 나의 얄팍하고 허약한 자아를 넘어서서 또 다른 나, 우리를 인식할 수 있는 기회이며, 그리하여 더 큰 자아로 성장할 수 있는 최상의, 그리고 유일한 과정이다.

　　그러나 현실 속에서 나약한 우리들이 위대한 사랑에 도달하기란 쉽지 않다. 많은 경우 우리는 기껏해야 찌그러진 껍데기의 작은 틈새로 순간순간 보이는 사랑의 찬란한 빛을 엿보기나 할 뿐이니.

　　돌아보면 정말 후지고 찌질하고 치졸했던 내 지난 연애의 편린들이 있다. 사랑이라 부르기도 무색한, 내 밑바닥의 찌꺼기와 마주했던 그 후진 마음. 부족하고 찌질하고 비겁해서 얇게 부스러졌던 그 후진 관계들.

그는 좋은 남자였다. 그리고 나를 좋아한다고 했다. 그래서 그 사람 앞에서 나는 오만했다. 그가 나를 좋아한다는 사실이 마치 나에게 '내 맘대로 해도 좋다'는 어떤 권력을 부여한 것처럼. 그와의 관계에 있어 모든 선택권이 나에게 있는 것처럼. 나는 건방지게 칼자루를 쥐고 휘두를 준비를 하고 있었다.

사실 오만함 뒤에 있던 것은 두려움이었다. 내가 사랑받을 만한 자격이 있는 사람인지 두려웠고, 내 나약한 모습을 들킬까봐 두려웠고, 내 진짜 모습을 알고 나면 그가 사랑을 거둬들일까 두려웠고, 예기치 못하게 그가 나를 떠날까봐 두려웠고, 그때 받을 상처를 감당할 수 없을까봐 겁이 났다. 무엇보다 내가 과연 사랑을 할 수 있는 사람인지 자신이 없었다.

게다가 더 큰 문제는, 그 두려움의 존재를 인정할 수 없을 정도로 내 자아가 허약했다는 사실이었다.

나는 도망갈 준비를 하고 있었다. 강모처럼.

그래서 나는 그의 마음에 일정 정도 호응했다. 그러나 언제라도 발을 뺄 수 있는 핑계를 마련할 수 있는 정도로 수위를 조절했다. 언제라도 이 관계를 '철회'할 수 있도록, 언제라도 "우리가 무슨 사이였어? 당신은 그냥 친한 오빠 아니었나?"라고 말할 수 있도록. 그가 좋아한다고 말하면 웃어주되 내가 먼저 좋아한다고는 말하지 않거나 그의 전화를 기다리면서도 내가 먼저 전화 걸지는 않는 방법, 팔짱 끼는 것 이상은 허용하지 않는 방법 등이 활용되었다.

갈등은 계속되었다. 경계를 풀고 사랑에 빠지고픈 마음과, 겁이 나서 이 사랑을 걷어내고 싶은 마음 사이에서, 습자지처럼 얇은 나의 자아는 바들바들 떨었다.

그는 비겁하지 않았다. 자신의 마음을 솔직하게 전했고, 나에게 충분히 잘해주었다. 문제는 나였다. 내 마음은 용기를 내지 못했다. 겁이 나서, 이 사랑이 진짜일까, 이 사랑이 나에게 어떤 해를 가하지 않을까, 끊임없이 머릿속에서 계산기를 두드렸다. 끊임없이 그의 사랑을 테스트하며 '발을 뺄 이유'를 찾았다.

🪴

후진 연애가 정말 우스워질 때는, 도망칠 준비를 하면서도 그의 사랑을 기대하고 있는 나 자신을 발견할 때다. 상처받지 않으려고 용을 써도, 결국 내 몫으로 돌아오는 상처는 있게 마련이다. 아니, 오히려 최선을 다하지 못했기 때문에 더 따끔대는 상처가 남는다. '그래, 나는 최선을 다했잖아'라고 시원한 약조차 발라줄 수 없는 상처. 뒤늦게 기웃거리고 눈치보고 이전에 당연히 자기 것이라고 믿었던 지수의 사랑을 갈망하는 강모처럼.

: **강모**: 그동안 실례가 많았습니다. 제가 지수 애인입니다.

　(동백이 놀라고, 강모는 지수를 감싸 안는다. 지수도 놀라 강모를 본다)

: **동백**: 아…… 그러……셨군요? 저는…… 그것도 모르고…… (어색

하게) 하하…… 하하……

: **강모:** (악수를 청하며) 정식으로 인사하겠습니다. 김강몹니다.

: **동백:** 예……

지수는 강모의 갑작스런 행동이 당황스럽다.

: **지수:** 알리고 싶어하지 않더니, 갑자기 왜 이러는 거예요?

: **강모:** 얘기했잖아. 불편했다고. 알리고 나니까 마음이 오히려 편하
네. 처음부터 네 말 들을걸 그랬다.

: **지수:** 그래요? 무슨 일 있어서 온 거 아니구?

: **강모:** 음, 없어. 근데…… 요리하고 있었나 보다?

: **지수:** 아…… (신경 쓰이지만 사실대로 말한다) 구동백씨랑 저녁 만들
고 있었어요. 된장찌개를 참 잘 끓이시거든.

: **강모:** 그래……? 언제 한번 나도 얻어먹어 봐야겠다. (지수의 손을 잡
는다)

: **지수:** (손을 슬쩍 빼며) 나갈까? 커피 식겠다.

: **강모:** 불편하니? 오늘 내가 잘못 온 건가?

: **지수:** 여기…… 상철이 자주 드나들어요. 오늘처럼 연락도 없이 갑자
기 오면……

: **강모:** 상철이랑 마주칠 수도 있겠구나?

: **지수:** 응.

🌱

최선을 다하지 못한 후진 사랑의 결말을 예측하기란 어렵지 않다. 떠나가는 마음을 붙잡을 염치도 없고, 쿨하게 보내기에도 미련이 남는, 구질구질한 상황만 있을 뿐이다.

나의 후진 연애도 구질구질하게 끝났다. 결국, 최대한 후진 방법으로 내가 도망쳤기 때문이다. 두려움이 다른 모든 감정을 압도한 어느 순간, 모든 것을 '철회'한 것이다. 나는 '아닌 척'했다. 이 관계는 아무것도 아니었어. 언제 우리 사이에 무슨 일이 있었던가? 오빠는 나에게 그냥 좋은, 친한 오빠였을 뿐이야. 어머, 그런 오해를 했었다고? 저런, 나는 그런 뜻이 아니었는데. 어떡하지?

나의 배신에 그는 연락을 끊는 것으로 화답했다. 나에게 따지지도 않았고, 화를 내지도 않았고, 내 앞에서 술을 퍼마시며 자학하지도 않았다. 평소 진중하고 과묵했던, 그다운 선택이었다. 남은 것은 후회와 자학, 미련이 뒤범벅이 된 상처투성이의 나였다. 제3자인 척하면서 계산기를 튕긴 결과가 고작 이거였다니.

후진 사랑. 어쩌면 이것은 성립할 수 없는 말일지 모른다. 사랑이란 본래 후질 수 없는 것이기 때문이다. 사랑은 인간이 경험할 수 있는 최고의 경지이기 때문이다.

연애가 후지게 되는 순간, 그것은 더 이상 연애가 아니다. 도망칠 준비를 하는 순간, 그것은 더 이상 사랑이 아니다. 후진 연애는, 두려움을 비롯한 다른 감정들의 크기가 사랑의 크기를 압도할 때 생겨난다. 그러면서도 사랑을 잃고 싶지는 않아서 감정 한 끝을 부여잡고 그것이 사랑일 것이라고 되뇌며 이어진다.

그렇다면 기억 속에서 숱하게 변주되는 후진 연애의 편린들을 통해 나는 배웠어야 했다. 사랑이 찾아오면 최선을 다해야 한다는 것을. 후회도, 미련도, 내 탓도, 네 탓도 하지 않기 위해서는 도망치지 말고 직면해야 한다는 것을. 사랑은 후질 수가 없으니까. 두려움과 비겁, 그 후진 감정들을 넘어서는 사랑이어야만 '사랑'이라는 이름을 획득할 수 있으니까. 후진 사랑은 사랑이 아니니까.

우리에겐 진짜, 사랑이 필요하니까.

II.
때로는 괜찮다
싶을 때도 있고

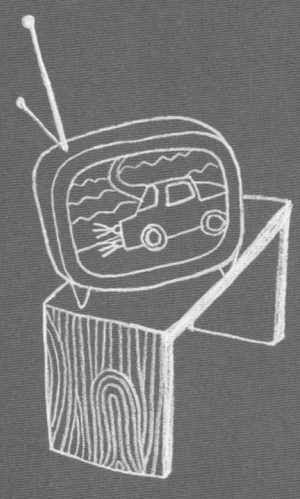

내 방식대로의 사랑

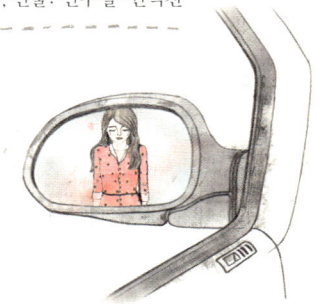

「신사의 품격」, 2012, SBS
극본: 김은숙, 연출: 신우철·권혁찬

그 바다 사이에는 무엇이 있었을까.

동해의 한 호텔 커피숍 창밖에 가득 찬 바다를 보며 나는 생각했다. 10여 년 전도 비슷했다. 그때도 나는 창을 통해 바다를 보고 있었다. 그때도 동해, 같은 바다였다. 푸르고 크고 깊었다. 그리고 같은 나였다. 여전히 서투르고 겁에 질리고 외롭고 모호한 나였다.

차이가 있기는 했다. 20대의 내가 묵었던 곳은 여관이었다. 나는 작고 허름한 여관 창문으로 바다를 바라보았다. 30대의 나는 호텔에 짐을 풀었다. 나이가 들면서 월급이 많이 오르지는 않았지만 편안함에 대한 욕망은 더 커진 것이다.

나름 열심히 살아온 것 같았는데, 그 시간 동안 변한 것이 고작 묵는 장소가 여관에서 호텔로 바뀐 것뿐이라니, 발바닥에 피가 맺히도록 뛰었는데 아직도 그 자리라면 그동안 나는 무엇을 한 건지, 공허했다.

그날은 일요일이었다. 드라마 「신사의 품격」이 매회 자체 최고 시청률을 경신하고 있었다. 허탈한 와중에도 커피를 다 마시고 나면 방으로 돌아가 「신사의 품격」을 보아야겠다고 생각했다. 나는 분명 지쳐 있었지만, 잠들어 있던 로맨스 세포를 흔들어 깨우는 이 드라마를 놓칠 수는 없었다.

한국판 「섹스 앤 더 시티」의 남성 버전. 꽃중년 4인방―도진(장동건 분), 태산(김수로 분), 윤(김민종 분), 정록(이종혁 분)―의 사랑 이야기. 그중에서도 특히 도진과 이수(김하늘 분)의 연애 이야기. 어느새 불혹이 되어버린 장동건의 브라운관 복귀작……

처음 시작할 때는 너무 닭살 돋는다 싶었는데 볼수록 몰입하게 됐다. 어쩌면, 외로워서 그랬을 수도 있다. 부끄러워하지 않기로 한다. 외로움은 불편하지만 부끄러운 것은 아니야.

이수는 자신이 짝사랑하는 태산과 친구 세라(윤세아 분)의 사이를 방해하지 않기 위해 모두 모이는 자리에 도진이 선물한 구두를 신고 나간다. 그곳에서 이수는 도진과 사귄다고 거짓말을 하고 도진은 자신의 진심이 농락당했다는 생각에 몹시 화를 낸다. 뒤늦게 자신의 실수를 깨닫고 사과하려는 이수에게 도진이 던진 말.

"끼 부리지 마요. 나랑 잘 거 아니면."

나는 이 대사에 전율했다. 나랑 잘 거 아니면 끼 부리지 말라니. 연애의 몽상, 어긋남, 바람, 치졸함과 유혹, 그 모든 것이 담긴 말.

그 말로 전날 방송이 끝났었다. 그리고 그날 밤, 다음 회가 시작되었다. 궁금했다. 잘 거 아니면 끼 부리지 말라는 말을 들은 그녀가 어떻게 반응할지.

: 이수: 화난 거 알겠는데요. 어쩜 이렇게 무례해요?

: 도진: 한 남자의 진심이 왜 무례했을까? 내가 서이수씨를 좋아한다는 게 서이수의 영혼, 서이수의 내면, 서이수의 성격뿐이었을 거라고 생각해요? 더 할 말 없으면……

: 이수: 할 말 많으니까 내 말 끊지 말고 잘 들어요. 일단 못 다한 사과부터 마저 하죠. 선물한 구두, 그런 식으로 신고 나간 거, 그래서 상처 준 거, 사과할게요. 미안해요. 내가 경솔했어요. 맘에도 없는 고백, 두 번이나 듣게 한 것도 미안해요. 근데요, 제 행동이 경솔했다고 이유까지 경솔했던 건 아니거든요? 근데, 뭐가 어쩌고 어째요? 잘 거 아니면 연락하지 마라? 이럴 땐 그냥 따귀 한 대 세게 올려붙이고 쌩한 뒷모습으로 남는 게 훨씬 매력적일 거란 거 알지만 도저히 못 참

겠네요. 그냥 첨부터 그렇게 말하지 그랬어요. 너랑 자고 싶다고. 그럼 원나잇으로 깔끔하게 끝났을지 모르는데. 그럼 이렇게 서로 감정 낭비할 필요도 없었잖아요.

: **도진:** 그게 윤리 교사가 할 소립니까?

: **이수:** 빡치니까 하는 소리죠! 곧 혀 깨물고 죽고 싶겠지만! …… 왜 웃어요?

: **도진:** 이런 순간에도 난 댁이 참 예뻐요. 그게 열 받는 거고. 난 마흔 하나예요. 서이수씨와 마주 선 지금 이 순간이 내가 앞으로 살아갈 날 중 가장 젊은 날이죠. 오늘보단 어제가 청춘이고. 그래서 난 늘 오늘보다 어제 열정적이었고 어제보다 그저께 대범했어요. 그렇게 난 서이수씨를 만나는 모든 순간 진심을 다했어요. 그래서 그 구두를 신은 서이수씨를 보는 순간 참기 힘들었어요. 너무 화가 나서. 근데 방금 아주 중요한 사실을 깨달았어요. 아…… 이 여잔 내 마음을 못 받았구나. 그동안 난 돌 던지듯 던졌구나, 마음을. 내가 던진 마음에 맞아 이 여자는 아팠겠구나. 그래서 이 여잔 놓쳐야 하는 여자 구나…… 그동안 미안했어요, 신사가 아니라서. 이건 진심이에요. 난 그저께보단 어제가, 어제보단 오늘이 제일 성숙하니까. 그러니 훈계는 그만하는 걸로. 당신이 원한 모두의 평화에 나의 평화도 포함되어 있을 테니까.

말을 끝낸 도진이 차에 올라탄다. 이수의 눈물 한 방울. 잠시 그

자리에 서 있다가 뒤돌아 멀어지는 이수. 도진은 차에 앉아서 사이드
미러를 움직여가며 거울에 비친 이수의 뒷모습을 오랫동안 지켜본다.
놓쳐야 하는 여자, 자신이 던진 마음에 맞아 아팠을 여자의 모습이
사라질 때까지, 아무리 미러 각도를 조정해도 더 이상 이수가 보이지
않을 때까지……

그러고 나니 생각났다.

나에게도 돌 던지듯 마음을 던지던 때가 있었구나.

내가 던진 마음에 맞아 아팠을 사람이 있었구나.

누군가를 사랑하면 내가 그에게 무언가를 요구해도 좋은 사람이
된 것 같은 착각을 종종 하게 된다. 내가 너에게 사랑을 주니 너도 나
에게 그에 상응하는 무엇을 주어야 할 의무가 있지 않아? 그 반대도
마찬가지다. 누군가가 나를 좋아한다는 사실도 무언가를 요구할 자
격을 부여한다. 나를 사랑한다며? 근데 이것도 못 해줘?

사실 도진도 그랬었다. 그 스스로도 인정했듯이 내키는 대로 문
자를 보내고, 내키는 대로 마음을 표현하고, 내키는 대로 이수가 있
는 곳으로 찾아왔으니까. 그녀가 당황스럽건 말건, 그녀가 준비가 되
었건 말건, 오직 도진이 내키는 대로. 선을 보는 이수를 찾아가 짝사
랑을 시작해보겠다고 선포한 도진은 친구 윤과 이야기하고 있는 이수
를 오해해 윤의 차를 들이받고, 태산이 실수로 한 백허그에 당황한 이
수에게 키스를 해버린다. "생생한 게 문제면 이렇게 합시다"라며. 도
진이 자기 맘대로 하는 만큼 이수의 반응이 만족스러울 리가 없다.

그러니 화가 날 수밖에. 그리고 도진은 묻는다. "난 왜 싫은데?"

　여관에서 바다를 바라보던 시절에 나는 자주 그를 다그쳤다. 왜 연락을 자주 안 해? 왜 그렇게 행동해? 왜 사랑 표현을 충분히 하지 않아? 왜 내가 싫어하는 사람들이랑 놀아? 왜 그렇게 술을 많이 마셔? 담배는 왜 못 끊는 거야?

　그에게 요구하는 것은 많았지만 정작 그가 나에게 무슨 요구라도 할라치면 왜 내 자유를 억압하느냐며 맞받았다. 불공평한 건 사실이었지만 내 맘이었다. 그가 소홀하다 싶으면 헤어지자고 선포했고, 억울해하며 그가 사과를 전해오면 마치 물건 값을 치르듯 사랑한다고 말했다. 철저하게 내 입맛에 맞춘 연애를 하며 나는 관계를 컨트롤하기 위해 마음을 이용했다.

　돌멩이처럼, 그렇게 마음을 던지고선 그 돌멩이가 그의 가슴에 어떤 종류의 파문을 그리는지 관찰하고, 평가하고, 내 방식대로 관계를 정리하던 시절. 결국엔 내 식대로 움직여주지 않는 그에 대해 매번 화를 내고 말았다.

　돌멩이처럼 던진 마음이라니, 그 표현의 절묘함에 감탄했다. 사이드 미러로 멀어지는 이수의 뒷모습을 보는 도진의 표정을 보며, 나는 예전의 바다와 지금의 바다 사이에 놓인 차이를 깨달았다. 그 변화가 없었다면 절대로 존재하지 못했을 어떤 오후가 떠올랐다.

도로 옆이라 차들이 내는 소음이 컸다. 바람까지 불었다. 계절에 어울리지 않게 차가운 바람이었다. 우리는 나란히 걸었다. 두 사람의 팔이 서로 부딪혔다. 손을 잡고 싶었지만 잡지 않았다. 내 팔을 스치는 그의 살갗이 서늘했다. 그 순간 손을 잡는 건 뭔가 어울리지 않았다.

"잘 있어."

마지막일지도 모른다고 생각했기에 말해버렸다. 그러나 '어쩌면 지금이 우리가 만나는 마지막 순간일지도 모른다'라는 내 생각을 그가 모르길 바랐다. 그래서 최대한 평소와 같은 말투로 잘 있으라고 했다.

그는 계속 걸었다. 작은 멈칫거림조차 없었다. 그리고 심상하게 대꾸했다.

"뭘 다시 안 볼 사람처럼 그래."

그 말투가 정말 아무렇지도 않았기에 나는 분명히 알 수 있었다. 그가, 내가 지금 어떤 생각을 하는지 정확하게 알았다는 것을. 어쩌면, 아니었기를 바라지만, 그도 비슷한 생각을 하고 있었는지도 모른다.

마침내 우리는 걸음을 멈추었다. 헤어져야 할 지점이었다. 그의 등을 툭툭 두들겨주었다. 그의 얼굴을 똑바로 보지는 못했다. 눈을 마주치면 감당할 수 없는 거대한 슬픔이 밀려들 것 같았다.

"간다."

"연락할게."

힐끗, 그를 보았다. 무표정한 그의 옆얼굴을 보면서 또박또박 생각해버렸다. 내가, 이 사람을, 참, 좋아하는구나.

억지로 웃어보이고는 돌아서 걷기 시작했다. 그가 내 뒷모습을 지켜보고 있을 것 같아 신경이 쓰여서 돌아보지 않았다. 지금도 궁금하다. 그는 바로 몸을 돌려 반대 방향으로 사라졌을까, 아니면 그 자리에서 내가 작아질 때까지 바라보고 있었을까.

그렇게 돌아선 것은 그가 혼자인 시간이 필요하다고 했기 때문이었다. 그는 힘들 때 혼자만의 동굴로 들어가는 사람이어서. 힘이 되고 싶었지만 그 힘은 오직 그 자신 안에 있음을 인정했기 때문에 그의 곁에서 내가 할 수 있는 일이 아무것도 없음을. 그것이 그의 방식이었으므로. 상대를 좋아한다는 일은 그 사람의 방식까지 존중해주는 것이므로.

주말에 짬을 내어 동해의 한 호텔을 찾은 그날도 그 오후와 비슷했다. 그가 어떤 문제에 대해 내가 생각했던 것과 전혀 다른 해법을 내놓았기 때문이다. 조금 당황스러웠고, 내 방식과 달랐지만, 어쨌든 나는 그의 의견을 받아들였다.

여전히 서투르고 겁에 질리고 외롭고 모호한 나였지만, 나는 '그의 방식'에 대해 고민하고 있었다. 나는 그를 사랑하고 있었고, 사랑은 강요나 의무가 아니었다. 그래서 생각을 정리하고자 혼자서 훌쩍 떠난 주말의 바다에서 나는 그가 원하는 방식대로, 그 사람의 마음으로, 그의 입장에서 그를 이해하고자 했다.

돌멩이처럼 던질 마음은 없었다. 마음이 그처럼 쉬운 것이 아님을 어느새 배운 것이다. 가장 마음대로 되지 않는 것이 사람의 마음인데. 너에게 해줄 수 있는 게 없어서 가슴이 아팠지만 (적어도 지금은) 아무것도 해주지 말라는 것이 너의 바람이라면, 나는 그렇게 해줘야겠다고 생각했다. 가만히 있는 것, 내버려두는 것도 애정의 방법일 수 있었다. 다시 진심으로 생각한다. 누군가를 받아들인다는 것은 그 사람의 방식까지도 받아들이는 거야, 라고.

그러니, 그 바다 사이에 존재했던 차이.

10여 년의 시간 동안 나는 내내 제자리 뛰기만 한 것이 아닐까 절망했지만, 내 방식만 고집하는 나로부터 타인의 방식을 존중할 줄 아는 나에게까지 이르는, 더디지만 분명한 변화가 있었구나.

바다는 같은 바다였다.

깊고 푸르고, 하얀 파도가 부서졌다.

그래서 바다를 찾는 건지도 몰라.

그 바다 사이에 있었던 무언가를 발견하기 위해.

가장 낯선 이의 위로

「아내의 자격」, 2012, jTBC
극본: 정성주, 연출: 안판석

그해 여름, 나는 슬픔에 대해 많이 생각했다.

숱한 감정들의 밑바닥에는 언제나 슬픔이 있었다. 심지어 기쁘고 행복할 때조차도 슬픔의 흔적이 느껴졌다. 기쁨은 짧고 얕았지만 슬픔은 깊고 질겼다.

객관적인 상황이 나쁜 것은 아니었다. 썩 좋지는 않았지만, 그렇다고 나쁘다고 말할 수도 없는 수준이었다. 그렇다면 나를 지배하고 있는 이 질척하고 음울한 무엇을, 어떤 외부적인 환경 탓으로도 돌릴 수 없는 이 슬픔을, 어찌해야 할지 알 수 없었다.

떠나면 달라질까 싶어 비행기를 탔다. 그동안 드라마 조연출을 하며 쌓인 휴가가 꽤 되었다. 어디로 갈까 망설이다가 떠올린 장소는 독일 남부의 작은 도시 튀빙엔이었다. 그곳에서 P언니가 유학 중이었다. P언니는 무심한 듯 내버려두는 법을 아는 사람이었고, 그때 나는 타인의 비판, 충고, 심지어 애정이 넘쳐나는 관심에도 발끈하며 칼날이 설 정도로 예민했다.

P언니가 수업을 들으러 가면 집을 나가 걸었다. 다리가 아파올 때까지, 한나절이면 너끈히 돌아볼 수 있는 작은 도시 튀빙엔을 걷고, 걷고, 또 걸었다. 저녁에는 언니가 해준 밥을 먹고, 때로는 와인을 마시고, 오래된 기억들을 이야기하고, 어두워지면 언니의 작은 방에서 잠을 잤다.

그러는 동안에도 시간은 흘렀다. 어느새 한국으로 다시 돌아오는 날이었다. 나를 막다른 구석까지 몰아붙였던 슬픔은 사라지지 않았다. 쫓기듯 독일행 비행기에 올랐던 나는 그대로였다. 웃고 떠들고 삶에 대한 보잘것없는 희망이나마 스치던 순간에도 나를 바닥으로 끌어내리던 음험하고 찐득한 그것은 그 자리에 그대로 있었다.

비행기 안, 좁은 이코노미석. 내 옆자리에 한 남자가 앉으며 인사를 건넸다.

"안녕하세요."

진한 경상도 억양. 독일에서 신학을 공부하고 있는 사제라고 했다. 아직 공부가 끝나지 않았는데 집에 일이 생겨 잠깐 귀국한다고 했다.

평범하게 생긴 마흔 줄에 들어선 남자, 그 앞에서 놀라운 일이 벌어졌다. 독일에는 왜 온 거냐고, 뭐하시는 분이냐고 간단한 질문 몇 마디를 던진 그에게 내가 이야기를 하기 시작한 것이다. 친구에게도, 애인에게도, 가족에게도, P언니에게도 하지 않은 내 진짜 이야기를. 아주 오랫동안 누구하고도 말하지 못했던 사람처럼 허겁지겁 속말을 꺼내놓는 내 모습이 나도 낯설었지만 제어가 되지 않았다.

아마 대단한 이야기는 아니었을 것이다. 뭐가 옳고 그른지 기준이 흔들리고, 숨 가쁘게 달린 것 같은데 항상 같은 자리를 맴도는 것 같고, 미래는 잡히지 않는 안개 속이고, 사랑을 하는 방법도, 받는 방법도 잊어버린 것 같다…… 그래서 뭐 어쩌라고 하고 되물을 만한, 핵심도 해법도 모호한 사건들, 지금 돌아보면 기억조차 나지 않는 경미한 감상들.

그런데 그는 정말 열심히 들어주었다. 가끔 고개를 끄덕이기도 하고, 들은 내용을 다시 확인하기도 하면서, 진지하게.

그러면서 마침내 돌아왔다. 공항에서 집으로 향하는 버스 안에서야 나는 내가 위로받았음을 알았다. 슬픔은 사라지지 않았지만 조금 가벼워졌다. 작게나마 숨 쉴 틈이 생긴 것 같은 기분…… 그 낯선 신부님이 고마웠다. 생각해보니 그의 이름조차 묻지 않았다. 완전한 타인이었던 그는 다시 익명의 세계 속으로 사라졌다.

얼마 전 드라마 「아내의 자격」 16부작을 내리 보았다. 본방송으로 본 것은 아니었다. 나름 화제작이라는 소문을 들었지만, 종편에서 방송된다는 것이 마음에 걸렸기 때문이다. 몇몇 지인들의 추천이 있고 나서야 '다시 보기'로 시청을 했다. 그리고 사흘 만에 16부작을 '완주'했다. 들던 대로 수작이었다.

대치동에 입성한 주부 윤서래(김희애 분). 대치동의 서릿발 같은 교육 분위기에 기가 죽은 서래에게 '사람 냄새'를 풍기며 다가온 치과 의사 김태오(이성재 분). 예상 가능하게도 두 사람은 사랑에 빠지게 되고 그 과정은 순탄치 않다. 서래에게는 성마른 남편 한상진(장현성 분)이 있고 태오에게는 대치동의 유명 학원 원장이자 점점 속물이 되어 가는 아내 홍지선(이태란 분)이 있기 때문이다.

어찌 보면 빤한 구도인데도 그렇게 진부하게 느껴지지 않는 이유는, '대치동'으로 대표되는 한국 교육의 실상과 사랑에 빠진 서래와 태오가 겪는 어려움이 매우 현실적으로 그려져 있기 때문일 것이다. 그러나 아이도, 억압적인 시댁도 없는 나는 대치동으로 표상되는 한국의 교육 문제에 대해 각성은 했으되 공감은 하지 못했다. 나에게 인상적이었던 것은, 처음 서래와 태오가 서로의 상처를 알아보고 조심조심 다가가는 모습, 20대라면 분명 불가능했을 위로와 배려로 가득 찬 관계의 시작이었다.

「아내의 자격」에는 그해 여름이 있었다. 쓸데없이 참 슬펐던, 수시로 슬픔에 대해 생각하던 그해 여름이 이상하게 겹쳤다. 나는 비행기 안에서 받았던 낯선 위로를 떠올렸다. 지독하게 슬픈 순간에 기적처럼 찾아온 위로. 덕분에 죽지 않고 살아남아 짧은 숨을 토해낼 수 있도록 해주었던, 익명의 그에게서 받은 위로 말이다.

태오가 서래에게 주었던 위로도 그것과 유사했다.

태오는 치매 걸린 서래의 엄마 정애(남능미 분)의 치과 치료를 위해 서래와 함께 요양원으로 가게 된다. 치료 후 세 사람은 음식을 함께 먹고 주변을 산책하는데, 갑자기 정애가 갯벌로 뛰어들고, 한바탕 소동 끝에 온몸이 진흙투성이가 되어 요양원으로 돌아온다. 정애가 잠드는 것을 보고서야 밖으로 나온 서래가 태오의 차 앞에서 어렵게 입을 뗀다.

: 서래: 오늘 정말 고맙습니다. 많이 죄송하구요.
: 태오: 아니요. 제가 미안해요.

잠시 서로 마주보던 두 사람. 이윽고 태오가 말한다. "서래씨가 많이 힘들겠다, 짐작은 하겠는데 그 심정을 제가 다 알 수 없다 생각하니까……"

그 말을 듣자마자 서래의 참아왔던 울음이 터진다. 아마도, 오랫동안 눌러왔던 슬픔이었으리라. 태오는 말없이 지켜본다. 어설픈 위로의 말 같은 것을 건네지 않는 태오가 나는 좋았다. 묻어둔 슬픔이 갑작스레 터져 나온 데에야 가만히 옆에 있어주는 것 말고 해줄 수 있는 게 뭐가 있겠는가 말이다. 겨우 울음을 그친 서래가 말한다.

: **서래**: 죄송합니다.
: **태오**: 아니에요.
: **서래**: 돌아갈 땐 늘 이래요. 엄마가 사고를 쳐서가 아니라……
: **태오**: 괜찮겠어요?
: **서래**: 그럼요. 김 선생님께 죄송해서 그렇지……
: **태오**: 아유…… 아닙니다.
: **서래**: 갈까요.
: **태오**: 네, 타세요.
  (태오가 돌아서 차문을 열어주는데 다시 서래의 울음이 터진다. 껵껵 울며 겨우 말을 잇는 서래)
: **서래**: 엄마가…… 저런 사람이 아니었어요. 너무나…… 단정하고 참한 분이었는데…… 딸이라고…… 애 때문에 못 본다는 핑계로 몇 달 만에 만났는데…… 이렇게 또 두고 간다는 게……

태오는 서래에게 다가가 가만 등을 토닥인다. 아주 조심스럽고, 신중하게. 어떤 오해의 여지도 없도록 하는 배려를 담아. 그렇게 서래의 울음이 그칠 때까지 기다려준다.

나는 태오의 이 따스함이 아직까지 태오가 서래의 친구도, 연인도 아니었기 때문에 가능하지 않았을까 조심스럽게 생각해보았다(두 사람의 연애는 조금 뒤에 본격적으로 시작된다. 물론 이날의 눈물이 연애의 시작을 더 앞당겼을 수는 있겠지만). 참 이상하지만, 깊은 슬픔은, 오랫동안 묵혀둔 아픔은 낯선 이에게 내보이기가 더 쉽다. 스스로도 이유를 알 수 없어서? 상대방에게 부담을 주기 싫어서? 나중에 다시 그 눈물을 설명하거나 사과하거나 수습하는 것이 불편해서?

잘 모르겠다. 아무튼 그렇다.

그래서 그해 여름 비행기 안, 나의 진짜 속 이야기가 이름도 모르고 얼굴도 기억나지 않는 낯선 이에게 토해진 것이겠지. 그로 인해 나는 조금은 가벼워졌으며, 혹시 나중에 낯선 이로서 나를 필요로 하는 사람이 있다면 그의 이야기를 진심으로 들어줄 수 있겠다는 마음 또한 갖게 되었다. 어쩌면 슬픔이란 나눌 수 없는 것이어서, 슬픔에 대한 위로에 가장 가까이 다가갈 수 있는 사람은 가장 낯선 사람인지도 모르겠다.

「아내의 자격」은 마침내 결혼에 골인한 서래와 태오가 함께 자전거 트레킹을 하는 장면으로 끝난다. (처음 두 사람의 인연도 자전거로 시작된다. 자전거로 곤경에 처한 서래를 자전거를 타고 오던 태오가 도와

주던 것으로. 자전거는 경쟁과 이기심, 빠름으로 가득한 대치동과 대립하던 인간미와 느림의 상징이다.) 갈림길에서 어느 코스를 고를까 고민하던 두 사람.

: 　서래: 아! 따로 따로 가서 만나면 되겠네?
: 　태오: 에이. 간만에 소풍 나와서 따로 가자고?
: 　서래: 뭐 어때? 같이 손잡고 길 가다가 전봇대 나오면 잠깐 떨어질 수
　　도 있지. 오케이?
: 　태오: 좋아. 그럼 먼저 도착하는 사람이 문자하기.

　자신이 택한 코스를 혼자서 가는 서래. 태오의 문자가 도착한다. "난 도착했어요." 서래의 답문자. "나도 곧 가요." 그리고 드라마의 마지막, 태오가 있는 곳으로 서둘러 걸음을 재촉하는 서래의 홀로 된 뒷모습을 보며 왠지 가슴이 서늘했다. 둘이 아닌 혼자의 모습으로 엔딩을 맺는 사랑 이야기라니. 결국 성숙이란 우리가 열렬히 사랑하는 그 순간조차도 결국 독자적인 개인이라는 것을 인정하는 것일까 싶어서.
　하여, '아내의 자격'이 뭔지는 잘 모르겠다. '아내의 자격'이라니, 그런 게 과연 있을까. 그럼 '남편의 자격'이나 '애인의 자격'은? '부모의 자격'이나 '친구의 자격'은? 태어나고 살고 누군가를 만나고 사랑하고 하는 것들이 어떤 자격 획득을 수반해야만 하는 일이라면…… 갑자기 끔찍한 기분이 든다.

다만 우리는 모두 사람이어서, 자격 같은 것 없이도 누군가의 어떤 순간 그의 이야기를 듣고 그의 손을 잡아줄 수 있는 낯선 이가 될 수 있지 않은가. 다행히도 낯선 이에게 자격 같은 것을 요구할 사람은 없을 테니까. '낯선 이의 자격' 같은 것은 존재하지 않으니까.

이런 질문을 받은 적이 있다.

"당신은 누구 앞에서 울어요?"

예상치 못한 질문에 당황해서 주저했다. ……누구 앞에서 우냐고? 그런 사람이 나에게 있었던가?

"잘 모르겠는데……"

한참 있다 나온 내 대답에 그녀가 고개를 주억거렸다.

"그렇군요. 당신은 혼자 우는 사람이군요."

……혼자 우는 사람.

그 뒤로 오랫동안 그 대화에 대해 생각했다. 어쩌면 나는 낯선 이들 앞에서 훨씬 더 진실하게 울었을지 모른다. 말했듯이, 낯선 이에게 자격 따위는 없으니까. 기대하는 바도 없고, 말이 새나갈까, 이후 관계에 변화를 줄까, 걱정하지 않아도 되었다. 나는 그냥 내 안의 고통을 꺼내 들여다보면 되었다. 그 옆에 낯선 이가 있었다. 그는 단지, 함께 나의 고통을 보아주기 위해, 아주 잠깐 내 인생을 스친 사람이었다. 그것은 참으로 고마운 위안이었다.

사랑의 역사는 함께한 끼니의 역사

「발리에서 생긴 일」, 2004, SBS
극본: 김기호, 연출: 최문석

어쩌면 세상에서 가장 듣고 싶은 말은 "밥 먹었어?"일지도 모르겠다. 세상에 단 한 사람, 내가 좋아하는 바로 그 사람의 목소리로 울리는 그 말이 들린다면, 그야말로 먹지 않아도 배가 부를 테다.

"밥 먹었어?"

이 말만큼 많은 의미를 포함한 문장이 또 있을까? 설렘, 사랑, 감사, 안정감, 배려…… 모든 따뜻함을 모아 넣은, 이토록 단순한 말.

혹시, 그와 함께 먹은 '첫 밥'을 기억하시는지. 사람과의 관계, 거기서 파생되는 숱한 감정들을 고스란히 담아냈던 그 수많은 '밥'들. 설레고 눈물 나던 그 밥의 맛들 말이다. 그리고 '밥'을 매개로 우리가 나누었던 마음들을, 대화들을.

'첫 밥'은 곱창이었다.

첫 데이트로 강남의 한 극장에서 영화를 보고 나서 그가 물었다.

"곱창 먹을까요?"

지나가는 말로 내가 "곱창이나 길거리 음식을 좋아한다"라고 했던 것을 기억하고 있었던 모양이었다. 그리하여 한여름에 이뤄졌던 데이트에서 우리가 처음으로 함께한 식사는 바로 곱창구이였다.

우리는 둘이서 4인분을 먹어치웠다. 강남의 꽤 유명한 곱창집 안은 에어컨이 빵빵하게 나왔지만, 앞에 있는 뜨거운 불판에서 쉴 새 없이 곱창과 양이 구워지고 있었기 때문에 우리의 얼굴은 벌겋게 달아올랐고 기름기로 번들거렸다.

'그래도 괜찮다'는 점이 마음에 들었다. 얼굴이 벌개지고 기름기로 번들거려도, 이 남자 앞에서는 신경 쓰이지 않고 편안했다는 점이 말이다. 첫 데이트에서 양껏 곱창을 먹어도 이 남자가 날 어떻게 볼까 걱정되지 않는다는 점이 왠지 그와 내가 잘 어울릴 거라는 예감을 갖게 했다. 처음 시켰던 2인분의 곱창이 떨어져갈 무렵, 딱 시기 적절하게 2인분을 추가 주문하는 센스도 마음에 들었고, "여기 사이다 주세요!"호기롭게 주문한 후 유리잔에 넘치도록 따라서 내 앞에 밀어주는 배려도 마음에 들었다(그가 사이다를 비롯한 각종 탄산음료를 좋아하는 입맛이라는 건 차후에 알았지만). 아낌없이 곱창 4인분과 사이다 두 병 값을 지불하는 그의 경제력도 마음에 들었다. 아는 사람은 다 알겠지만 곱창은 의외로 비싼 음식이니까!

그러니까, 첫 밥을 곱창으로 택할 때부터 이미 나는 그에게 마음이 기울어 있었던 게 아닐까 생각해본다. 곱창이 그 순간 최고의 선택이라 느꼈기에, 불판의 열기와 기름기로 번들거리는 얼굴조차 편안했기에, 그날의 야들야들하고 고소한 곱창이 유난히 맛났기에.

「발리에서 생긴 일」을 보면서, 나를 거쳐간 수많은 밥에 대해 생각했다. 네 남녀의 비극적인 사랑을 그려낸 드라마를 보면서 웬 밥타령이냐 하겠지만, 이상하게 이 드라마 속에서는 밥 냄새가 진하게 풍겼다.

영주(박예진 분)는 인욱(소지섭 분)과 연인 사이지만, 인욱의 가난을 받아들일 자신이 없어 자신과 비슷한 부잣집 아들 재민(조인성 분)과 약혼을 한다. 그러나 영주는 인욱에 대한 마음이 쉽사리 정리되지 않아 마침내 인욱을 만나러 발리로 간다. 한편 재민 또한 약혼녀 영주를 만나러 역시 발리로 향하고, 세 사람은 발리에서 여행 가이드로 일하고 있던 수정(하지원 분)을 만나게 된다. 그렇게 시작된 네 사람의 인연은, 사기를 당하고 한국에 돌아온 수정을 인욱과 재민이 동시에 사랑하게 되면서 얽히고설키다 마침내 파국으로 치닫는다.

사실 그다지 특별할 것도 없는 미니 시리즈의 멜로 라인 같지만, 「발리에서 생긴 일」은 '돈'과 '사랑'의 문제를 집요하게 성찰하면서 갈등하는 인물들의 심리를 섬세하고 리얼하게 그려낸 수작이었다.

그리고 이 드라마를 다 보고 난 끝에 유난히도 내 안에 남은 것은 '밥'이다. 밥을 한 수저 가득 떠서 입안에 넣던 수정의 얼굴…… 먹으며 설레기도 하고 웃기도 하고 울기도 했던 수정의 밥들……

「발리에서 생긴 일」에서는 유난히 밥 먹는 장면이 많이 나온다. 그리고 그 모든 밥들은 사랑과 관련되어 있다. 약간의 단순화를 감수한다면, '밥은 곧 사랑'이라고 말해도 좋으리라.

그래서 인욱이 수정에게 '밥'을 대접하겠다고 했을 때 나는 감동해버렸다. 볶음밥? 스파게티? 인욱이 수정에게 그렇게 물은 것은 그 어떤 프러포즈보다도 확실한 고백이었다고 느꼈다. 저 차갑고 무뚝뚝한 남자가 스파게티를 만들 줄 안다는 사실도, 저 좁은 부엌에 스파게티 재료가 구비되어 있다는 사실도 놀라웠지만, 인욱이 눈가에 웃음기를 띠고 일어나 싱크대 쪽으로 걸어가려 한다는 것이 사랑의 증거가 아니라면 무엇이겠는가.

:   **인욱**: 뭐 안주 할 만한 게 없는데 어떡하지?
:   **수정**: 안주는요…… 괜찮아요. 전에도 느낀 건데요. 되게 깔끔하신 거 같아요. 어떻게 이렇게 늘 정리가 돼 있지?

: 　인욱: 정신병이에요.

: 　수정: 참, 옷도 돌려드려야 되는데…… 제가 귀국하자마자 하도 바빠 가지고요. 이따 돌려드릴게요.

: 　인욱: 신경 쓰지 마요.

: 　수정: 근데…… 그거 알아요? 오늘 말 되게 많이 하는 거? 노래도 부르고…… 난 죽어도 노래 같은 건 못할 줄 알았는데……

: 　인욱: 배고프지 않아요? (일어나 싱크대 쪽으로 가며) 볶음밥? 스파게티?

　그 순간 재민이 갑자기 찾아왔기 때문에 그들의 첫 밥은 볶음밥도, 스파게티도 아니게 되었지만. 그래서일까, 수정이 다시 인욱을 찾아온 것은.

: 　수정: 저기…… 저녁 드셨어요?

: 　인욱: 아니요. 아직……

: 　수정: 오빠 일은…… 정말 죄송해요.

: 　인욱: 됐어요. 신경 쓰지 마요.

: 　수정: 저기…… 지금 된장찌개 끓이고 있는데. 같이 드실래요?

　김이 오르는 흰 쌀밥, 보글보글 끓어오르는 된장찌개…… 수정이 준비하는 식사는 따뜻해 보인다. 대단한 음식은 아니어도, 먹으면 그대로 보약이 될 것 같은, 보약보다 더한 기운을 줄 것 같은……. 아마도, 그 밥에 수정의 마음이 담겼기 때문이리라. 그리고 수정과 인욱은 마주 앉아 함께 밥을 먹는다.

그 모습을 보며 나는 알았다. 두 사람은 이미 깊이 사랑하고 있다는 것을. 그들의 밥은 키스나 포옹보다도 더 진한 애정 표현 같아 보였다. 순수하지만 왠지 에로틱한 느낌이랄까. 세상 풍파에 지친, 배고픈 두 사람이 나누는 따뜻한 한 그릇의 위안.

: **수정**: 반찬도 별로 없구요, 맛도 별로 없을 거예요. 그냥 한 끼 때운다고 생각하세요.

: **인욱**: 잘 먹을게요.

: **수정**: 드세요.

두 사람은 말 없이 밥을 먹는다.

: **수정**: 너무 조용하죠? (리모컨을 들어 텔레비전을 켠다)

: **인욱**: 난 조용한 게 더 좋은데……

: **수정**: 그래요?

수정이 텔레비전을 끈다. 묵묵히 각자의 밥을 떠서 입에 넣는 인욱과 수정이다. 내내 별다른 말 없이 밥 한 공기씩을 비웠지만, 두 사람은 그 침묵 속에서 한결 가까워졌을 것이다. 그래서 밥을 먹고 난

때로는
괜찮다 싶을 때도
있고

후 수정이 인욱에게 자기의 속마음을 말할 수 있는 것이리라.

: 수정: 그람시는 잘 몰라도 무슨 말씀 하시는진 알아요. 지푸라기라도 잡는 심정으로 갔었지만, 정재민한테 잘 보이고 싶었던 것도 사실이구요. 여기까지 찾아오고 그래서…… 혹시나 하는 마음에…… 하지만, 이젠 아니에요. 걱정해줘서 고마워요.

수정과 인욱만큼 처연하지는 않았지만, 곱창으로 이뤄진 그와의 '첫 밥' 속에도 별다른 대화는 없었다. 그가 본래 과묵한 남자이기도 했지만, 우리는 지글거리며 곱창이 구워지는 소리와 젓가락 부딪히는 소리를 배경 삼아 그저 열심히 먹었다.

함께 곱창을 먹었던 그 남자와 사귈 수 있었던 것은 아마도 그 첫 밥의 시간이 좋았기 때문이리라. 첫 밥을 먹고, 두 번째 밥을 먹고, 세 번째 밥을 먹으며 우리는 친해지고 깊어졌으니.

그러니, 조금 비약하자면 사랑의 역사는 곧 함께한 밥의 역사라고 보아도 좋을 것이다. 그 밥들이 꼭 좋으리라는 보장은 없다. 실연당한 후 식은 밥에 식은 나물, 고추장, 참기름을 더한 양푼 비빔밥에 목이 메는 것처럼, 싫은 사람과 함께한 식사 자리 이후 체한 속을 내리기 위해 손가락, 발가락에 바늘을 찔러넣어 피를 빼내야 하는 것처럼, 꽤 괜찮았던 남자가 입가에 뻘건 국물을 묻히고 쩝쩝거리는 것에

정이 뚝 떨어져버렸던 기억처럼, 밥 속에 녹아들어 있는 사랑의 다채로운 표정들.

　밥과 사랑은 닮았다. 밥 없이 살 수 없는 것처럼, 사랑 없이는 살 수 없는 것이 인간이니까. 그래서 「발리에서 생긴 일」에서 유난히 밥 냄새가 풍겼는지도 모르겠다. 밥 없이 살 수 없는 사람들이, 사랑 없이 살 수 없는 사람들이 드라마 속에 있었다. 사랑이 끊어지자 결국 죽음을 택한 사람들이. 그래서 드라마를 보는 내내 그들에게 따뜻한 밥 한 상 차려주고 싶은 마음이었다.

때로는
괜찮다 싶을 때도
있고

사촌오빠처럼 안전한 남자들

「천일의 약속」, 2011, SBS
극본: 김수현, 연출: 정을영

예전에 친한 선배에게 이런 말을 한 적이 있었다.

"오빠가 내 사촌오빠였으면 좋겠어요."

동그랗고 푸근한 외모의 소유자였던 그는 탄식했다.

"왜 여자들은 나를 남자로 보지 않고 자꾸 사촌오빠로 보는 거야?"

넉넉하고 편안한 성격 탓에 나 말고도 많은 여자 후배들이 비슷한 말을 했던 모양이었다. 오빠는 진짜 사촌오빠 같아요, 이렇게.

도대체 자기의 무엇이 너희들로 하여금 사촌오빠를 연상하게 하느냐고 그가 물었을 때, 자동반사적으로 대답이 튀어나왔다.

"안전해 보여서."

「천일의 약속」은 오래간만에 보게 된 '슬픈 사랑 이야기'였다. 서연 (수애 분)은 결혼식 날짜가 잡혔다는 지형(김래원 분)의 말을 듣고 그와의 관계를 정리한다. 애초에 지형에게 약혼녀 향기(정유미 분)가 있다는 것을 알고 있었으니, 예정되어 있던 끝이었다. 그러고 나서 얼마 후 서연은 알츠하이머 진단을 받는다. 기억을 잃어가는 병…… 자신을 상실하는 병…… 어려서 아버지를 잃고 어머니에게 버림받고, 남동생과 함께 고모 손에 자란 서연은 자신에게 닥친 이 끝없는 불운에 분노한다. 왜 하필 나냐고, 도대체 어디까지 망가져야 되는 거냐고. 그래서 알츠하이머 진단을 받은, 고작 서른 살의 서연이 마치 세상을 향해 투쟁을 선언하듯 비장하게 양치질을 하던 모습, 입에 치약 거품을 가득 물고 온 힘을 다해 칫솔질을 하다가 자신의 지독한 인생에게 말할 때의 장면이 기억에 남는다.

"엿 먹어라, 알츠하이머!"

서연의 병을 알게 된 지형은 향기와 파혼하고 서연에게 돌아온다. 물론 그 과정에 양가 부모의 반대 등 갖은 우여곡절이 있지만, 마침내 지형은 서연과 결혼하고, 서연을 끝까지 돌보겠노라 한다. 이어지는 서연의 임신, 그리고……

그 과정 내내, 서연의 곁에서, 두 사람의 아픈 사랑을 지켜보는 한 사람이 있다. 그는 바로 서연의 사촌오빠 재민(이상우 분)이다. 재민은 서연에게 안전한 남자다. 한때 지형이 그랬던 것처럼 사랑 때문에 상처를 받을 일도 없고, 관계가, 마음이 변할까봐 걱정할 필요도 없고, 한결같이 옆에서 돌보아주며, 어쩌면 연인보다 더 많은 것을 공유하고 기억하는 사이다.

재민은 적당한 거리를 두고 서 있다. 너무 가까워서 상처가 되지도 않고 너무 멀어서 잊힐까 걱정할 필요도 없는, 언제든지 전화 한 통이면 만날 수 있는 거리. 때로 우리에게는 그 정도의 거리가 필요하지 않은가. 그 정도의 안도감, 그 정도의 안전한 거리가.

서연의 병을 알게 된 지형은 서연에게 달려온다. 진짜 사랑을 깨닫게 된 것인지, 병에 걸린 서연을 혼자 내버려둘 수 없었던 것인지는 잘 모르겠다. 다만 이 남자는 지난 선택을 후회하고 다시 시작하기를 원한다. 그러나 서연은 지형을 받아들일 수 없다. 헤어짐의 순간, 서로를 안으면서 지형이 "비겁해서 미안해"라고 말했을 때, "초라해서 미안해"라 답했던 서연이다. 자신의 초라함 때문에 이를 악물고 이별을 받아들였던 그녀의 자존심은, 자신의 병으로 남자의 발목을 잡는 일을, 그 남자의 삶에까지 그늘을 드리우는 일을 용납할 수 없다. 그래서 그녀는, 재검을 받으라는 지형과 재민 앞에서 모진 말을 쏟아내는 것이다.

:　서연: 착한 남자 흉내 그만 내고 꺼져…… 병원 끌고 가 재검시키고 뚝

같은 소리 듣게 하고 그리고 마음 좀 아프고 한숨 몇 번 쉬고 할 만큼 했구나 어쩔 수 없구나 그러고 싶어서? …… 내 문제가 너무 커서, 그거 해줄 여유가 없어."

자리를 박차고 일어난 서연은 지형에게 말한다. 지금 이대로 자기를 놓아두라고. 당분간은, 누구도 모르길 바랐다고. 자신의 인생은, 이렇게 마지막까지 남루해야 하는 거냐고. 그러나 서연은 카페 문을 나서기도 전에 무너진다. 놀라 달려온 지형이 주저앉은 서연을 부축하지만, 지형의 다리를 붙잡은 채 목 놓아 울며 서연은 재민에게 말한다.

: 서연: 오빠…… 나 좀, 나 좀 집에 데려다 줘……

시인 기형도는 그랬다. '모든 무너짐은 얼마나 질서정연한가.' 그 질서정연한 무너짐의 순간, 서연이 손 내밀 수 있는 사람은, 그 순간 서연을 안전하게 집까지 데려다 줄 수 있는 사람은 사촌오빠 재민이었다.

그 순간이 떠올랐다.
오랜만에 선배와 저녁 식사 약속을 잡았다. 겨울이었고, 어둠이 빨리 내렸다. 선배의 회사 근처로 가는 길, 바닥에는 며칠 전 내린 눈이 살짝 얼어 있었다. 수많은 사람들이 밟아 새까맣게 매끈해져 바닥에 들러붙은 얼음을 피해 종종걸음을 쳤다.

"홍어삼합 먹을 줄 알아? 이 근처에 잘하는 데 있는데."

회색 슈트에 넥타이, 그 위에 역시 진한 회색의 겨울 코트를 입고 한 손에 서류 가방을 든 선배는 영락없이 능숙한 직장인이었다. 전라도 토속음식을 주 메뉴로 하는 식당은 인근에서 그럭저럭 입소문이 난 곳인 듯, 손님들로 붐볐다.

"소주 한잔할까?"

우리는 홍어삼합을 안주 삼아 소주를 마셨다. 오빠, 대학 때 우리 술안주는 서비스로 주는 짬뽕 국물이거나 기껏해야 오뎅탕 정도였잖아. 이제 비싼 홍어삼합을 안주로 소주를 마시네. 우리, 출세한 건가? 그런 말을 하며 같이 웃었던가. 시간이 많이 지났으니까. 선배가 말했다. 스무 살이 갓 넘어 만난 선배와 내가 서른을 훌쩍 넘겼으니. 세상에, 우리가 알게 된 지 10년도 더 지났다니. 선배는 담배를 피웠다. 그는 담배 연기가 내 쪽으로 오지 않게 몸을 틀어 연기를 토해냈다. 몸에 밴 그 태도에서 새삼 우리 각자가 지내온 시간이 꽤 길었구나 하고 느꼈다. 그때 우리 주위에 담배 연기는 공기처럼 늘 자욱했으니.

밖에 나오니 찬바람이 훅 끼쳐왔다. 선배는 택시를 잡아주었다. 택시가 와 서자 선배는 뒷좌석의 문을 열어주고 나서 지갑을 열어 만원짜리 두 장을 꺼내 내 손에 쥐여주었다. 택시비라니, 오빠, 아니야,

됐어, 술값도 오빠가 냈잖아. 손사래를 치는 나에게 선배는 나직하지만 단호하게 말했다.

"이걸로 타고 가."

택시는 바로 출발했다. 선배는 택시가 출발하는 것을 보고 몸을 돌려 걸어갔다. 아마 사무실로 돌아가 남은 일을 하고 나서 술이 깨면 회사 주차장에 두었다는 차를 가지고 퇴근할 모양이었다.

내 손에는, 선배가 쥐여준 2만 원이 있었다.

선배는 딱히 나보다 돈을 많이 버는 것도 아니고, 고작 한 살이 더 많으니 나이 차가 많이 나는 것도 아니다. 그는 그냥 선배였다. 조금 더 먼저 인생을 살고 있는 선배. 다르지만 결국 비슷한 생을 살게 될 후배에게 집에 갈 차비 정도는 쥐여주고 싶은 마음, 그런 마음으로 그가 쥐여준 만 원짜리 두 장.

그때 선배는, 나를 집에 데려다 줄, 안전한 '사촌오빠'였다. 작별의 키스나 달콤한 속삭임이 필요한 애인도 아니고, 다음에 볼 날이 하루 뒤가 될지 1년 뒤가 될지 모르겠지만, 그의 전화번호는 내 휴대폰에 보험처럼 저장되어 있어 내 인생에 크고 작은 위기 상황이 찾아올 때 언제라도 에스오에스를 보낼 수 있는 사람. 그가 나에게 줄 것도, 내가 그에게 받을 것도, 오직 '여동생이 무사히 집에 돌아가 쉴 수 있었으면' 하는 마음까지. 거기까지.

살다 보면, 안심하고 집에 데려다 달라고 말할 수 있는 남자들이 필요하다. 그 남자들은 사촌오빠일 수도, 선배일 수도, 친구일 수도 있겠지만, 적어도 그 순간에는, '사촌오빠처럼' 안전한 남자들일 것이다. 긴장하지 않아도 되는 사이, 걱정하지 않아도 되는 사이, 나에 대해 많은 것을 알고 있으며, 때로는 어린 시절의 내 모습을 기억하며, 성장의 단계를 공유하며, 그래서 나를 안전하게 집까지 데려다 줄 수 있는 사이.

나에게 처음으로 술을 가르쳐준 사람은 사촌오빠들이었다.

외할아버지께서 돌아가신 상가에서, 대학생이던 사촌오빠들은 갓 대학 합격 통지서를 받아든 나에게 술을 따라주었다. 술은 생판 모르는 사람보다 편한 우리한테 배우는 게 나아. 오빠들은 그렇게 말했다. 그렇게 시작된 술자리는 새벽, 방배동 어딘가에서 마무리되었다. 기억이 가물가물한 것을 보면 꽤 많은 양을 마셨던 듯싶다.

나름 모범생이었던 나는 수학여행 때 친구들과 방에 모여 꺼내들었던 캔 맥주도 입에 대지 못했었다. 그러니, 그 자리는 내가 처음으로 틀을 깬 자리라고도 볼 수 있을 것이다. 사촌오빠들과 함께…….

다시 사촌오빠들과 술잔을 기울인 것은 그로부터 한참 뒤, 외할머니께서 돌아가신 상가에서였다. 처음 오빠들에게서 술을 배운 지 10년이 훌쩍 넘었다. 사촌오빠들은 다들 결혼을 하고 아이를 낳고 직장을 다니고 있었다. 오빠들이 나에게 술을 가르친 것을 기억하느냐고 물었더니, 다들 그날의 기억들을 한마디씩 꺼내며 웃었다.

10년이 지나 가진 두 번째의 술자리가 편안하다는 것은 오직 친척들 사이에서만 가능한 일일 것이다. 살갑게 챙기지 못하는 것은 우리 외가의 내력이라, 평소에 안부 전화 한 번 제대로 한 적이 없었건만, 서로에 대해 이런 저런 정보를 알고 있었고, 좋았고, 편안했다.

아주 선명하지는 않아도, 생각해보니 사촌오빠들에 얽힌 기억이 은근히 많다. 첫 술을 따라준 사람이 사촌오빠였던 것처럼, 의외로 내 지난한 나날들 속 여기저기에 그들이 있었다. 나보다 조금 먼저 생을 살고 있는, 내 편에 서 있는 안전한 남자들.

'어차피 혼자 사는 인생'이라며 잘난 척해왔지만, 결국 나는 그들이 쥐여준 택시비로 여기까지 온 것이 아닐까, 그런 생각이 들었다. 인생이 모퉁이를 돌 때, 갈 곳 몰라 헤맬 때, 이곳이 아닌 다른 곳에 가고 싶을 때…… 그럴 때마다 밥을 사주고 술을 따라주고 택시를 잡아주고 택시비를 쥐여주는 그들이 있었다. 때로는 만 원짜리 두 장이 100만 원, 1,000만 원에 비할 바 없이 큰 힘이 되었다. 사는 일이 참 녹록지 않구나 싶은 날에는 택시를 타고 집까지만 갈 수 있다면, 집에 들어가 몸을 누이고 한잠 잘 수만 있다면 그걸로 충분하니까 말이다. 집까지 갈 수 있는 택시비, 그것이 그 순간 필요한 전부가 아닌가.

어쩌면 삶의 어떤 순간에 연인보다 가족보다 더 필요한 사람은 사촌오빠인지도 모른다. 세상에 대한 적의와 경계로 곤두서 있을 때라도, 사촌오빠라면, 집에 데려다 달라고 안심하고 말할 수 있을 테니. 두려움에 눌려 문 앞에서 무너질 때라도, 자존심 다칠까 걱정하지 않고 손을 내밀 수 있을 테니.

그러니 내 인생에 함께 존재해온 사촌오빠들, 사촌오빠 같은 안전한 남자들 덕분에 지금까지 잘 견뎌올 수 있었던 것인지도. 그들 덕분에 매번, 안전하게 집에 돌아올 수 있었던 것인지도.

우리는 정말 친할까?

미국 드라마 「보스턴 리걸(Boston Legal)」, 2004~2008, ABC
시즌5 에피소드3
극본: 데이비드 E. 켈리, 연출: 제임스 R. 배그도너스

　　때로는, '우리는 정말 친한가?'라는 질
문을 '우리는 정말 사랑하는가?'라는 질문만큼이나 묵직하게 던져봐
야 할 때가 있는 것 같다.

　　무리에 섞이지 못하는 것이 두려워서, 튈까봐, 그래서 결국 '나는
혼자'라는 끔찍하고도 지긋지긋한 진실을 확인하는 것이 겁이 나서,
많은 경우 우리는 피상적인, 무용한, 심지어 거짓인 관계들을 주렁주
렁 달고 다니는 건지도 모르겠다.

　　'어쩌면 나에게 친한 사람이 없을지도 몰라'라는 공포는 생각보다

때로는
괜찮다 싶을 때도
있고

크고 깊다. 현실을 부정하고 착각 속으로 도피하고 싶을 만큼. 스무 살의 겨울방학이 기억난다. 대학에 들어와 처음 맞이하는 겨울방학 이었고, 입시 준비로 학기 중보다 더 바빴던 고등학교의 방학보다 훨씬 길고, 의지만 있다면 아무것도 하지 않을 수 있는, 놀랍도록 자유로운 방학이었다. 그 방학이 중반을 넘어설 무렵의 어느 날, 나는 전화를 걸기 시작했다. 내 손에는 '○○학번 비상연락망'이 들려 있었다. 부지런한 누군가가 스물여덟 명 동기들의 연락처를 지갑에 들어갈 정도의 작은 표로 만들어 코팅해준 것이었다. 당시는 휴대폰이 없었으니, 표에는 집 전화번호와 삐삐 번호가 적혀 있었다. 3분의 1가량은 삐삐조차 가지고 있지 않았다. 1번부터 28번까지, 한 명도 빠짐없이 전화를 돌렸다.

절반이 좀 안 되게 통화에 성공했다고 기억하는데, 뭐 그리 대단한 이야기를 나눈 것은 아니다. 평소 살갑게 친구들을 챙기는 편도 아닌 내가, 뜬금없이 전화를 걸어와 주절주절 일상적인 수다를 시도하는 것에 뜨악했을 동기들도 있었겠다. 학번은 가나다순이었으니, 목록의 맨 마지막, 허씨 성을 가진 동기와 통화를 마친 후(그는 집에서 전화를 받았다. 마지막이었기 때문에, 그와의 통화는 조금 더 선명하다. 아무것도 아닌 안부를 몇 마디 주고받은 후 전화는 끊겼다), 나는 딱딱한 방바닥에 드러누웠다. 옷 사이로 파고들어오던 방바닥의 선뜩한 한기(寒氣)가 기억난다. 당혹감과 허탈감이 몰려왔다. 나, 지금 뭘 한 거야? 외로워서, 혼자라는 사실이 두려워서, 나와 가까운 누구의 목소리라도 듣고 싶어서 전화를 돌리다니, 이런 구차한…… 그리고 전화의 끝에 내가 확인한 것은, 내가 그들 중 누구와도 친하지 않다는 사실이었다. 우리는 같은 시기, 같은 대학의 같은 과를 다녔다는 공통의 기억은 있겠으나, 그것이 곧 우정일 수는 없다는 사실. 늘 외롭고 허기졌던 스무 살의 나는 '친한 사람'이 고팠고, '친하지 않아도 괜찮다'는 것, '모든 이들과 친할 수도, 친할 필요도 없다'는 것을 알만큼의 내공에는 도달하지 못했었다. 딱딱하고 서늘했던, 그 방바닥의 느낌……

「보스턴 리걸」은, 앨런 쇼어(제임스 스페이더 분)와 데니 크레인(윌리엄 샤트너 분)이라는 두 변호사를 중심으로, 어려운, 때로는 황당한 소송과 인생사를 풀어가는 법정 드라마다.

「보스턴 리걸」을 여타 드라마와 차별화시키는 것은, 바로 앨런과 데니라는, 보석처럼 빛나는 두 캐릭터라 할 것이다. 실제로 앨런 쇼어를 연기한 제임스 스페이더는 2005년과 2007년, 두 번에 걸쳐 에미상 남우주연상을 수상했고, 데니 크레인을 연기한 윌리엄 샤트너 역시 2005년 에미상 남우조연상을 수상했다.

앨런은 가슴속 깊이 묻어둔 상처를 바람기와 농담으로 풀곤 하는 천재 변호사고, 데니는 승률 100퍼센트를 자랑하는 전설적인 변호사지만, 현재는 지적 능력을 잃어가는(아마도 치매일 테지만 본인은 광우

병이라 주장한다) 중이다. 앨런 쇼어도 더할 나위 없이 매력적인 남자지만, 나를 매혹시킨 것은 뚱뚱한 70대 할아버지인 데니 크레인 쪽이었다. 70대 할아버지가 드라마의 주인공으로 나서는 것도 대단한 파격인데다가, 이 할아버지의 귀여움과 샤프함이라니!

그리고 앨런과 데니의 우정……

나이 차이는 말할 것도 없고, 지지하는 정당도 다르고(앨런은 골수 민주당, 데니는 골수 공화당), 삶의 가치관, 걸어온 길이 모두 정반대에 가까운 이들은, 매 에피소드의 끝에 발코니에서 만나 시가를 피우고 술잔을 기울이며 대화를 나눈다. 전혀 친할 수 없을 것 같은 두 사람이 어떻게 절친일 수 있는지, 이 발코니 대화를 한 번만 보면 이해할 수 있을 것이다.

데니는 강도를 만나 무릎과 다리를 총으로 쏘아버리고, 불법 총기 소지 혐의로 기소된다. 한편 앨런은 양육권을 뺏길 위험에 처한 성(性) 치료사를 변호하면서 성에 대한 자신의 관념을 다시 한 번 돌아보게 되는 계기를 갖는다. 그날도 어김없이 발코니에서 재회한 두 남자.

: **앨런:** 희망에 부푸셨겠네요.

: **데니:** 글쎄…… 아이콘이 되고 싶은 마음은 있었지. 정말 순교자가 되었다면…… 할리우드의 유명인들이 '데니를 석방하라'라고 쓰인 배지를 달고 다닌다고 생각해봐.

: 앨런: 할리우드 사람들이 총에 미친 사람에게 배지를 달아줄 것 같진 않은데요.

: 데니: 내가 총을 갖고 다니는 게 미친 짓이라고 생각해?

: 앨런: 한 번에 다섯 자루의 총을 들고 다니시잖아요. 맞아요, 데니. 그러면 미친 것처럼 보여요.

: 데니: 오, 그래서 자네는 총이 하나도 없다 이건가.

: 앨런: 그렇게 말하진 않았어요.

데니: 자넨 총을 쥐기만 하는 것도 겁내잖아. 계집애처럼.

: 앨런: 저도 총 하나 있어요. 집에 안전하게 두었죠. 38구경이에요.

: 데니: (감탄하는 표정으로) 38구경을 갖고 있다고?

앨런: 네. 그거야 잘못된 거 없잖아요. 데니처럼 총을 갖고 다니다가 사고가 나는 걸 많이 봤어요.

: 데니: 쏴보긴 했어?

: 앨런: 과녁에다가요.

: 데니: 자네 같은 민주당원이 총을 가지고 있으리라고는 생각해보지 못했는데……

: 앨런: 그게 우리나라의 문제 중 하나죠. 총을 좋아하거나 싫어하거나 둘 중 하나만 있는 거예요. 왜 중간은 없는 걸까요? 왜 총기 소유와 총기 규제를 동시에 찬성하면 안 될까요? 왜 신원조회를 지지하고 살상무기를 반대하면 '빨갱이 자유주의자 계집애' 취급을 받는 걸까요?

때로는
괜찮다 싶을 때도
있고

데니: 그건 성차별적인 발언이야. 알고 있어?

앨런: 뭐가요?

데니: '빨갱이 자유주의자 계집애' 말야. 여자도 총을 좋아할 수 있다고.

앨런: 그렇죠. 전 그냥 술이나 마실게요.

데니: 좋아.

앨런: ……전 성차별주의자(sexist)예요. 여자를 보면 처음 드는 생각이 성적인 거예요. 그렇다고 여자의 지성을 존중하지 않거나 여자가 대통령이 되길 원하지 않는 건 아니고…… 여자가 감성적으로나 지성적으로 남자보다 우수할 수 있다는 모든 가능성을 받아들인다고 해도 제 머릿속 한쪽에서는 여자를…… 추운 겨울밤 나를 따뜻하게 해주도록 설계된 인간으로 본다는 걸 부정할 수 없어요.

데니: (웃으며) 오, 앨런. 그건 문화적인 거야. 생물학적인 거고. 재밌는 거지. 인간이 죽는 방법은 나이가 들수록 다양해지지. 한편으로는 그동안 배워왔던 모든 정치적으로 올바른 행동과 생각을 자신의 정체성에 결합하는 거야. 그 과정에서 진정한 자기 자신을 부정하는 거지.

앨런: 우린 뭐죠?

데니: 동물이지. 오늘날 진화된 인간들은 서로 정치, 자녀들 교육 이야기를 해. 사람들은 모든 것에 대해 이야기하지만 근원적으로 외로워. 왜일까? 자신의 가장 근본적인 본능을 공유하기를 부끄러워하

기 때문이야. 자네와 나는 그렇지 않잖아. 우리가 아흔 살이 되어 공원 벤치에 앉아 있을 때도 예쁜 여자가 지나가면 이렇게 말하겠지. "저 삼삼한 여자 좀 보게." 자네와 난 절대 외롭지 않을 거야.

: **앨런**: 만약 그 여자에게 남자친구가 있어 우리 지팡이를 뺏으면요?

: **데니**: 내 총을 꺼내면 되지.

: **앨런**: 훨씬 낫네요.

: **데니**: 그래야지, 앨런! 내면의 늑대를 받아들여. 이 데니의 말을 들으라고.

: **앨런**: 예스.

이토록 서로를 인정하고 서로에 대한 애정이 가득하고, 인생에 대한 통찰과 지혜를 공유하며, 유머까지 풍부한 대화를 나누는 사이가 되기란 쉽지 않다. 수많은 차이가 있음에도 앨런과 데니는 서로 좋아하고 믿고 의지하는, 우정 깊은 친구다.

결국 우정에 있어 '다름'은 문제가 아닐 것이다. 오히려 중요한 것은, 다름에 대한 인정과 이해일 터이다. 너는 나와 다르나, 나와 똑같이 존중받아야 한다는. 그러니 어쩌면 그것은 '태도'의 문제일 것이다.

그러나 우리는 종종 착각을 한다. 많은 조건을 공유할수록 친구라거나, 함께 시간을 많이 보낼수록 친하다거나. 예컨대 같은 시기에

때로는
괜찮다 싶을 때도
있고

같은 학교를 다녔다는 이유로 우리는 쉽게 '친구'라는 이름을 붙이고 친구로 지낸다. '우정'이라는 단어는 확실히 남발되는 경향이 있다. 그리고 속으로 생각한다. '우리는 정말 친한가? 왜 내 마음은 그렇게 친하다는 느낌이 안 드는 거지?' 나만 그렇게 생각하는 것 같아 불안하거나 우울해질 수도 있다. 그러나 사실 그들은 내가 선택한 사람들이 아니다. 그렇지 않은가? 어쩌다 같은 학교에 왔고, 비슷한 해에 태어난 것일 뿐. 어떤 끌림에 의해서, 나 자신의 판단에 의해 그들이 친구가 된 것이 아니란 말이다. 그냥 주어진 조건 속에 있었던 사람들.

예전에 과 잡기장에 쓴 글이 엄청난 파장을 몰고 왔던 적이 있었다. 내가 대학을 다닐 당시만 해도 인터넷이 그리 일상적이지 않아서, 과 사무실에 두꺼운 노트 한 권을 잡기장으로 비치해두고 이런저런 의견이나 정보를 나누곤 했다. 지금으로 치면 인터넷 커뮤니티의 자유게시판 정도의 기능을 했다고 보면 될 테다.

너무 오랜 일이라 정확한 내용은 기억나지 않지만, 어떤 사안에 대한 내 견해를 짧게 썼는데, 거기에 대한 반응이 엄청났다. 내가 쓴 단어 하나, 내가 쓴 문장 하나하나를 비난하며 반박글들이 따라붙었다. 말하자면 게시판의 글 하나에 부정적인 댓글이 수십 개 달린 꼴이었다. 대단한 의도를 가지고 쓴 글이 아니었기 때문에 나는 꽤나 당황했다. 게다가 내 글이 발기발기 찢겨 전혀 다른 각주들이 붙어서 전혀 다른 내용으로 각색되는 과정을 지켜보는 마음은 참담했다. 오해를 풀고자 썼던 해명글도 마찬가지였다. 뒤이은 다른 글로 인해 그것

역시 해체되고 재해석되어 전혀 다른 불순한 의도를 포함한 글로 거듭났다.

그러나 그 과정에서 가장 놀라웠던 것은, 친구들, 더 정확하게는 내가 친구라 믿었던 사람들의 '침묵'이었다. 특정인을 비방하는 것도 아니고, 특정 집단에 해를 입히는 것도 아닌 사적인 생각에 대한 몇 줄 글에 대해 가해진 폭력―정말 그랬다, 주먹을 휘둘러야만 폭력이 아니다. 말로, 글로, 무언의 행위로 일방적으로 가해지는 비방은 분명 폭력이었다. 나는 맞았으니, 맞아서 아프고 억울했으니―에 대해 사람들 중에서, 그것도 나와 '친하다'고 생각해온 사람들 중 입을 열어 내 편을 드는 사람이 아무도 없다는 것은 실로 놀라운 발견이었다. 아니, 편까지 들지 않아도 좋았다. 그저 나에게 어떤 위로의 말을 전하거나 최소한 '중립을 지키자'는 수준의 말만 해준다 해도 나는 그 사람을 나의 '절친'으로 격상할 용의가 충분했다.

오히려 위로를 전해온 사람들, 상황의 부당함과 나의 억울함을 말해준 사람들은, 내가 '친하다'고 생각하지 않았던 사람들이었다. 제대로 대화 한 번, 술 한 잔을 나눠본 적이 없는 사람들이 내 편에 서 주는 것 또한 놀라웠다.

명단은 일치하지 않았다. 그러니까, 절실하게 친구가 필요했던 어떤 순간에 친구가 되어준 사람들의 명단은, 그동안 내가 친하다 믿어왔던 사람들의 명단과 너무나 달랐다. 겹치는 이름이 거의 없다고 느낄 만큼.

때로는
괜찮다 싶을 때도
있고

그 순간 나는, 인간관계에 대해 내가 갖고 있던 생각들을 송두리째 바꿔야 함을 알았다. 친구는 어떤 공통의 조건, 즉 나이, 학연, 지연과 무관하다. 그것들은 그저 주어진 조건일 뿐이며, 우리가 선택한 것이 아니다. 또한, 친구가 되기 위해 특정한 사상이나 가치관을 공유해야 하는 것도 아니다. 친구가 되기 위해 필요한 것은 오직 열린 자세, 그 사람의 마음을 그 자체로 읽어줄 수 있는 태도면 충분하다.

그래서 「보스턴 리걸」의 발코니 대화를 볼 때마다 나는 항상 앨런과 데니가 부러웠다. 그들이 반대라는 사실이 역설적으로 그들의 진정한 우정을 보여주는 것 같기도 했다. 머릿속으로 발코니에서 나와 함께해줄 이들을 헤아려보기도 했다. 몇 사람이 떠올랐으며, 그중 일부는 사라졌고 일부는 남아 있었다. 다행이었다. 나는, 인생을 완전히 헛살아온 것은 아니었으니. 그렇다. 때로 우리는 '우정의 존재'로 인생의 의미를 가늠하기도 한다. 삶에는 우정이 필요하니까. 남자든 여자든, 나이가 많든 적든, 어느 정당을 지지하든, 부자든 가난하든, 그런 건 중요하지 않다. 마음속에서 '우리는 정말 친한가?'라고 물었을 때 서슴지 않고 '그렇다'는 답이 튀어나올 수 있는 사람이면 충분하다.

아흔 살쯤 되어서 함께 공원 벤치에 앉아 "아, 저 잘빠진 할아범/할망구 좀 보라구" 하며 시시덕댈 생각을 하니, 늙어서 꽤 즐겁게 지낼 수도 있겠구나 싶다. (그럴 리는 없겠지만) 품 안의 총을 꺼내 지팡이를 뺏으려 하는 누군가로부터 친구를 지켜줄 수도 있겠지, 우정의 이름으로.

말이 안 되는 걸 되게 할 만큼 힘센 사랑

「거짓말」, 1998, KBS
극본: 노희경, 연출: 표민수

1999년이었다. 나는 방송사의 최종 면접장에 와 있었다. IMF 직후였고, 언론사 입사 경쟁률은 하늘을 찔렀다. 최종 면접까지 올 수 있을 거라 기대하지 않아서 더 떨렸다. 처음으로, 사회라는 거대한 시스템에 발을 들여놓는 기분.

"어떤 드라마를 하고 싶은데요?"

면접관의 질문이 울렸다. 나는 이렇게 대답했다.

"「거짓말」이요."

장선우 감독의 「거짓말」이라는 영화가 많은 논란을 일으킨 해였다. 나의 대답에 면접위원들은 흠칫 놀란 듯했다. 아니, 공영방송사의 PD가 되겠다는 애가 이런 과격한(?) 답변을 하다니? 황급히 내가 말을 이었다.

"영화 「거짓말」이 아니고, 드라마 「거짓말」입니다."

그리고 면접장의 분위기는 급격히 안정을 찾았다. 다행스럽게도 나는 합격했다. 드라마 PD가 된 것이다. 「거짓말」. 어떤 드라마를 하고 싶느냐는 질문에 숨 쉴 틈도 없이 튀어나왔던 나의 '정답', 거.짓.말.

「거짓말」이라는 드라마는 모든 장면이 명장면이라 해도 과언이 아닌, '세상의 모든 사랑'에게 보내는 위로이자, '사랑이 필요한 우리들'에게 묻는 주옥같은 질문이었다.

"우리, 셋이 같이 살자."

눈물이 그렁한 채 은수(유호정 분)가 말한다. 「거짓말」의 15회는 그런 은수의 표정으로 끝났다.

가슴이 덜컥 내려앉았다. 도대체 얼마나 사랑하기에. 부분이라도 좋으니, 전부가 아니어도 좋으니, 내 옆에 있어달라는 간절한 바람.

: 은수: 그 여자가 너한테 많은 걸 주고 있나 보다. 나를 버릴 수 있는 용

기, 다시 판화를 할 수 있는 용기. 그 여자 주려고, 판화하고 있었니?

: 준희: ······

: 은수: ······내가, 28시간 꼬박 생각을 했는데, 아주 아주 좋은 결론을 내렸다?

: 준희: ······

: 은수: 나도 좋고, 너도 좋고, 그 여자도 좋고.

: 준희: ······

: 은수: 우리, 셋이 같이 살자.

준희(이성재 분)와 은수는 '친구 같은' 부부다. 어느 날 준희는 같은 회사의 선배인 성우(배종옥 분)에게 끌리는 자신을 발견한다. 지독하게 사랑을 앓은 경험 탓에 '사랑은 없다'고 생각하는 성우도 어느 틈에 자신이 준희를 사랑한다는 것을 깨닫는다. 은수에게 거짓말을 하기 싫은 준희는 자신의 마음을 은수에게 말하고 은수는 그런 준희가 못내 아프다. 그러던 어느 날, 은수가 마침내 제안한 것이다. 셋이 살자고.

셋이 함께 살 수 있는 관계가 가능할까. 더러 영화(「글루미 선데이」 같은)나 소설(『낙하하는 저녁』 같은)에서 이와 유사한 사고방식을 본 적이 있었던 것 같긴 하다.

아무튼, 은수의 '우리, 셋이 같이 살자'라는 제안은 당시의 나에게 여러모로 대단하고 파격적인 발상으로 느껴졌다. 흔히 사랑의 기본

요소라고 생각되는, 'love'와 'like'를 구분하는 척도 중 하나로 이용되기도 하는, '독점욕'을 내려놓는다니. 말하자면, 서로 용인하는 '양다리'가 아니겠는가.

내 친구 P는 아주 잠깐이었지만, 서로 용인하는 양다리 연애를 겪어본 적이 있다고 했다. 그녀는 꽤 매력적이어서 남자들에게 인기가 많았는데, 어느 날 A라는 남성에게 구애를 받게 된다. 평소 A가 괜찮다고 여겨왔던 P는 잠정적으로 그 구애를 받아들였다. 그런데 이튿날 그 사실을 모르고 있던 B라는 남성이 또 고백을 해온 것이다.

문제는 그녀가 B에 대해 평소 상당한 호감을 갖고 있었을 뿐만 아니라, A와 B가 둘도 없는 절친이었다는 데 있었다. 결국 이 사실─그녀가 두 남성에게 연이어 구애를 받았다는─ 을 알게 된 A와 B가 사이좋게 상의를 한 끝에 그녀에게 '공교롭게 이렇게 되었으니 한 달 정도 네가 양쪽 모두와 만남을 가져보고 선택을 하라'라고 제안을 해왔다. 그들은 그녀의 자유를 배려한다고 했지만, 그것이 그녀를 배려한 것인지 아니면 A와 B가 서로를 배려한 것인지는 사실 잘 모르겠다.

결국 두 남자 사이를 오갔던 한 달 동안 P는 혼자서 모든 책임을 지고 피폐해져갔다. 한 달 동안에 무슨 선택을, 어떻게 하란 말인가? 더 재미있는 것은, 선택의 책임은 P 혼자 지고 있었기 때문에 오히려 A나 B는 상대적으로 마음 편한 한 달을 보냈다는 사실이다. 한 달 후 그녀는 고심 끝에 한 명을 선택했지만 —그게 누구인지는 중요하지 않다 —그 선택에도 결국 끝이 찾아왔고 그 끝은 아름답지 않았다.

P는 자유 또는 배려라는 미명하에 그들이 제안했던 '네가 선택해'가 그들의 무책임이었다고 기억했다. 그 한 달을 견디는 것이 자신에게 엄청난 상처였다고도 했다. 정말 자신을 좋아했다면, 진짜 자기가 무엇으로 힘들지를 알아주었어야 하는 것 아니냐고. 그 모든 선택을 자신에게 떠넘긴 그들의 결정은 결국 일종의 '포기'가 아니었겠냐고. 정말 좋아한다면 포기할 수 없는 게 아니냐고. 그렇게 그녀는 우리에게 물었고, 함께 소주를 마시던 우리들은 고개를 끄덕였다. 그녀는 그날, 술을 많이 마셨다.

그래도 역시 사랑에 있어서 '자유'와 '포기', '구속'과 '책임'을 구분하는 것은 쉽지 않다. 나에게도 서로에게 자유를 주는 것이 최고라여기던 시절이 있었으니까.

우리는 쿨하게 헤어졌다. 인천공항이었다. 유학 가서 좋은 여자만나서 바로 연애하라고, 덕담까지 해주었다. 그도 그랬다. 괜히 외롭다고 징징대지 말고 빨리 좋은 남자 만나라고. 그러면서 그는 담배를 피웠다. 겨울이었고, 담배를 피울 수 있는 실외 공기는 차가웠다. 그는 점퍼의 한쪽을 열어 바람을 막은 채 라이터로 담배에 불을 붙였다. 하얀 연기가 피어올랐고, 나는 옆에 서서 그가 담배 한 대를 끝까지 다 태우는 모습을 지켜보았다. 헤어지기로 미리 약속한 사이였기 때문에, 괜찮으려고 했기에, 괜찮아야 했기에, 괜찮다고 생각했다.

그를 태운 비행기가 이륙하고, 나는 혼자 남아 서울을 걸었다. 슬프다고 생각하지 않으려고 했다. 이별하고 나면 너는 미국에서, 나는 한국에서 '자유'를 만끽하는 거야! 떠날 날짜가 가까워지면서 우리는 이런 농담을 주고받곤 했으니.

그래도 허전했다. 차가운 바람이 얼굴에 송곳처럼 꽂혔다. 거리 어디선가 노래가 흘러나왔다. 하루하루 지나가면 잊을 수 있을까. 그대의 모습과 사랑했던 기억들을.

노래 가사가 가슴을 쳤다. 아마 잊을 수 없겠지, 하고 생각했다. 슬프다고 생각하지 않으려 했지만, 사실 몹시 슬펐던 것이다. 그리고 나는 내가 그를 쿨하게 떠나보낸 것이 아니라는 것을 알았다. 두려웠던 것이다. 유학을 앞둔 그가 어느 날 아무렇지도 않게 헤어지자고 할까봐, 이성적이고 냉소적인 성격이었던 그가 여느 때처럼 서늘하게 "뭐, 이제 그만둘 때가 되지 않았나"라고 말을 꺼내버릴까봐, 그래서 결국 내가 먼저 떠났던 것이다. 거절당하는 것에 대한 두려움이 그의 곁에 머물고픈 욕망보다 우위에 있었던 것이다. 그를 붙잡기에는, 미지의 두려움과 싸우기에는, 나는 은수처럼 굳세지 못했다.

때로는
괜찮다 싫을 때도
있고

은수. 그녀가 생각났다. 준희를 놓치기 싫어서 그 어떤 조건을 받아들여서라도 그의 곁에 머물고자 했던, 차라리 셋이 살자고 했던 그녀의 순정. 은수가 대단한 것은, '그 어떤 이유에서든' 준희와 함께 있고자 하는 뜻을 먼저 밝혔다는 점이 아닐까.

네가 선택해. 단, 나는 네 곁에 있을게.

네가 덜 사랑해도 좋아. 내가 더 사랑해도 좋아. 그저, 네 곁에 있을게.

이런 마음.

:   준희: 난, 지금껏 단 한 번도 내가 원한 걸 가진 적이 없어. 많은 걸 원한 것도 아니야. 어려서부터 줄곧 내가 원한 건 판화 하나였어. 그걸 가지지 못했으니까, 난 아무것도 가지지 않은 거야. 선배 역시, 자기가 원하는 걸 한 번도 가진 적이 없어. 내가 그 선배에게 돌아가지 않으면 선배, 이제 정말 이 세상 아무것도 믿지 못할 거야. 그렇게 만들기 싫어. …… 넌 강해. 사랑을 알아. 넌 날 잊을 수 있을 거야.

:   은수: 내가 강해? 내가 그렇게 강해 보였니? 그 여자, 상처 많은 사람이라구? 나는 상처가 없어 보여?

:   준희: ……

:   은수: 난 고아야. 아이도 못 낳아. 그 여자가 아무리 상처가 많다고 해

도 나만큼 많아? 그래, 우리 부모님 돌아가셨을 때, 나 눈물 한 방울 안 흘렸어. 강해서? 아니. 너무 놀라고 믿기지가 않아서. 아일 가질 수 없다고 했을 때도, 그래, 나 크게 울지 않았어. 네 말대로 운다고 해결될 일이 아니었으니까. 울고 싶었지만 참았어. 그게 잘못이었니? 그 여잔 너한테 동정을 살 만큼 그렇게 약해 보였니? 네가 약해 보이는 사람한테 점수를 줄 줄 알았다면, 난 충분히 약해 보일 수 있었어. 난 네가 이렇게 강한지 몰랐어. 그래서 기대지 않았던 거야.

네가 더 약한 것에 점수를 줄 줄 알았다면, 난 충분히 약해 보일 수 있었어. 난 네가 이렇게 강한 줄 몰랐어. 그래서 기대지 않았던 거야.

은수는 울면서 이렇게 말했지만, 준희의 생각대로 은수는 강한 사람이다. 드라마 속 표현대로 하면 '빛 같고 소금 같은' 사람. 강하기에 머무를 수 있는 사람. 강하기에 더 사랑할 수 있는 사람 말이다. 대개 '더 사랑하는 사람이 약자가 된다'고 생각하지만, 진실은 그 반대일 것이다. 더 강한 사람만이 더 사랑할 수 있다. 그 모든 상처와 두려움을 이겨내고.

남자친구를 떠나보낸 그 겨울의 거리에서 나는 내가 약자라는 것을 알았다. 더 사랑했기 때문이 아니라, 더 사랑하지 않고자 늘 몸부림쳤기 때문에. 상처받기 싫어서 늘 먼저 떠날 준비를 하던 나였다.

때로는
괜찮다 싶을 때도
있고

비행기 안에서 미지의 5년을 준비하던 그도 나와 같은 후회를 했을까. 그건 잘 모르겠다. 다만 확실한 것은 우리 둘 다 어렸다는 거다. 어렸기 때문에 두 번째 기회가 쉽게 온다고, 서로의 곁에 머무르는 것보다 중요한 것이 많다고, 상처받는 것보다 떠나보내는 것이 낫다고 생각했다. 덜 사랑하는 것이 나와 내 자존심을 지키는 길이라고 믿었다.

우리는 미성숙했고, 그래서 항상 숨이 찼다. 그렇게 늘 허약했던 나의 사랑 하나는 그가 비행기를 타면서 끝났다.

「거짓말」의 결말에서 준희는 은수에게 돌아가고, '사랑은 없다'고 믿던 성우는 새로운 사랑에 마음을 열게 된다. 준희가 은수에게 가느냐 성우에게 가느냐가 꼭 중요해 보이지는 않았다. 다만 준희, 은수, 성우 세 사람 모두 조금씩 성숙하고 동시에 조금씩 강해졌다고 봐야할 것이다. 사랑이 무엇인지 이전보다는 더 잘 알게 되었다고 할까.

진짜 사랑은, 힘이 세니까 말이다.

사랑과 우정의 경계

「9회말 2아웃」, 2007, MBC
극본: 여지나, 연출: 한철수

하나만큼은 분명히 말할 수 있다. 세상에 있는 관계의 종류는, 세상에 있는 관계의 숫자만큼이나 다양하다고.

사람 사이에, 남자와 여자 사이에, 불가능한 관계란 존재하지 않는다. 오랜 친구로서의 우정, 우정이면서 동시에 사랑, 사랑하지는 않지만 키스는 하는 사이, 키스는 하지만 섹스는 하지 않는 사이, 키스는 하지 않지만 섹스는 하는 사이, 수시로 문자를 주고받지만 절대 단 둘이서는 만나지 않는 사이, '우리 사이는 무엇인 거야?' 이런 질문

때로는
괜찮다 싶을 때도
있고

따위, 절대 하지 않는 사이, 아주 오래 이어온 짝사랑, 상대의 마음을 알면서도 모르는 척하는 사이, 사랑과 우정 그 사이 어디쯤 위치한 사이……

「9회말 2아웃」은 이 숱한 관계의 종류에 대한 질문이다. 또는 사랑과 우정 사이, 어떤 다른 마음들 사이, 끊임없이 눈금이 바뀌는 관계의 위치, 그 변화무쌍함에 대한 고찰이다.

난희(수애 분)와 형태(이정진 분)는 오래된 동갑내기 친구다. 서른을 앞둔 마지막 날 밤, 뜬금없이 각자의 휴대폰에 도착한 문자. "남산타워 11시". 그것은 그들이 오래전, 스물아홉 마지막 날 남산타워에서 만나자며 보내놓은 예약문자였다.

그리고 남산타워. 난희와 형태는 서로 끌어안고 씨름 중이다.

:   **형태**: 도저히 안 되겠다. 이건 말이 안 돼.
:   **난희**: (끌어안고, 안 떨어지려 하며) 조금만 더 있어보자~ 아무리 친구지만, 우리도 암컷 수컷인데. 이러다 보면 에너지가 오갈 수도 있잖아.
:   **형태**: (떼어내며) 실례지만, 댁한테는 내 수컷이 그냥 침묵해.
:   **난희**: 서른 돼서도 싱글이면 그냥 결혼하자며! 니가 그랬었잖아.
:   **형태**: 그건…… 진짜 그렇게 될 줄 몰랐지……
:   **난희**: 진짜 이렇게 됐으니 하자~ 잘된 거야! (다시 끌어안는다)
:   **형태**: 야! 뭘 잘돼, 잘되긴. 아무 감정 없는데. 농담이었고! 그 약속은

자동 폐기다.

: **난희:** 정말…… 아무 감정 없어?

: **형태:** 뭐야…… 넌…… 넌 있어……?

: **난희:** (한숨) 난 그런 거 필요 없어. 이제 불안한 미래에 대한 걱정도…… 기약 없는 연애질도…… 눈물과 불면의 밤도…… 다 쫑 내고 싶어. 이제 몇 분 후면 서른이고 앞날은 캄캄해. 그냥 아무한테나 시집가려는데, 엄한 놈보다는 네가 나은 거 같아……

: **형태:** (피식 웃는다)

: **난희:** 야! 우리가 친구로 지낸 지 어언 30년이다. 이제 변활 줄 때도 되지 않았니?

: **형태:** 별…… 개그 하냐?

: **난희:** 너도 언제까지 떠나간 첫사랑에 목매고 있을 거냐? 그냥 이참에……

: **형태:** 이참에! 뭔 참에!! 홍 양…… 이성을 찾아. 레드썬!!!

: **난희:** (다시 달려들어 끌어안으며) 날 느껴~ 두 팔을 휘어감아 봐~~

: **형태:** 야…… 너…… 대체…… (억지로 난희를 떼어내며) 신발 꼬라지에 추리닝에…… 대체 뭘 느끼라는 건지……

남자와 여자가 친구가 될 수 있는가? 그에 대한 답은 사람마다 다르겠지만, 분명한 것은 사랑과 우정, 그 사이 어딘가에 애매하게 위치해 있는 관계가 존재한다는 것이다. 그래서 때로 사랑인가? 사랑이면 안 되나? 갸우뚱하게 만드는. 친구가 애인으로 점프하기도 하고, 애인이 친구로 변신하기도 하는, 아무것도 아닌 사이부터 매우 특별한 그 무엇까지, 사람 사이의 관계란 대단히 역동적으로 변화하는 것이다.

난희는 자기를 여자로 느껴보라며 억지로 형태에게 몸을 비벼대지만, 지금 형태에게 난희는 그저 '여자사람'일 뿐이다. 그렇지, 이들 관계의 눈금은 아직 우정 근방에서 왔다 갔다 하는 중이다. 하지만 억지로 눈금을 변화시키는 것이 불가능한 만큼, 눈금을 특정 구역에 머무르게 하는 것 또한 의지의 영역은 아닐 것이다.

그래서 이미, 당연히, 우리는 짐작하는 것이다. 형태와 난희 사이, 그들만의 특별한 사랑이 시작될 것임을.

옛날 남자친구에게 현재의 연애를 상담했던 적이 있었다. 그는 누구보다도 나와 가까웠던 남자였으므로, 성심성의껏 상담에 응해주었다. 무엇이든 털어놓아도 되었기에, 나는 그 사이가 너무 편해서, 아, 나 혹시 이 남자를 아직도 좋아하는 건가, 생각했다. 어쩌면 새로운 연애를 상담한다는 건 핑계고, 나 이 남자와 전화하는 게 행복한 건가, 고민했었다. 관계란 고정되어 있는 게 아니니까.

관계의 정도가 1에서 100, 그 사이 어디 정확한 눈금에 딱! 멈춰 표시된다면, 여러 모로 편할 것이다. A와의 사이는 73, B와의 사이는

45, C는 94…… 두 사람이 함께 공유할, 객관적인 척도 말이다. 가슴앓이도, 지레짐작도, 불확실성에서 비롯하는 위험 부담도 없애줄 그런 척도는 당연하게도, 없다.

그 남자는 알았을까.

"너와 나는 한…… 78 정도 되려나?"

장난처럼 던졌던 내 말에 그가 "89 정도 되는 것 같다"라고 대답했을 때, 웃으면서도 사실 가슴이 쿵, 내려앉았다는 것을. 혹시나, 하는 기대가 나도 모르게 차올랐다는 것을. 언젠가 우리는 90을 넘어, 100짜리 관계를 꿈꿀 수 있지 않을까, 조심스레 그의 눈치를 살폈다는 것을. 결국 우리 사이는 70에서 100 사이를 왔다 갔다 하다가, 끝내 서로 가슴에 품은 최종적인 숫자를 확인하지 못한 채 끝나고 말았지만. 그래도 "다음에 만날 때는 우리 사이가 더 높은 숫자를 갖게 될 거"라던 그의 문자가 왔던 밤, 사춘기 소녀마냥 설렜다는 것을.

난희와 형태도, 언제부턴가 자신들의 관계에 변화가 왔음을 직감한다. 이미 눈금은 90을 넘어가고 있는데, 아니야, 우리 사이는 여전히 50이야, 강하게 부정하는 것이 한계에 도달할 무렵, 민방위 훈련이 있던 날이다. 난희는 형태와의 대화를 떠올린다.

: 난희: 우리 연애하기에는…… 서로 너무 많은 걸 알고 있다고 생각 안

때로는
괜찮다 싫을 때도
있고

해? 우리 여기까지만 할까? 아무리 생각해봐도 난 너한테 성아만큼의 여자가 될 수 없을 것 같아. 더 가기가 겁나, 나는. 서울 가면, 뒤죽박죽될 것 같으니까, 우리 여기까지만 하자.

:　**형태:** (난희의 손을 잡고) 서울 가기 전까지만 민방위 훈련하는 거다. 부탁 하나만 하자.

:　**난희:** 뭐?

:　**형태:** 싹 잊어버려야 돼.

:　**난희:** 어.

:　**형태:** 전부 다.

:　**난희:** 그래.

둘은 키스한다.

그러고 나서 얼마쯤 시간이 지난 후. 형태는 민방위 훈련 때문에 길가에 차를 세워둔 채다. 그때 난희의 전화가 걸려온다.

:　**난희:** 왜 전화 안 해?

:　**형태:** 뜬금없이.

:　**난희:** 하루에도 대여섯 통은 전화했는데. 밥 먹었는지 챙기구 좋은 일 있음 전화하구 열 받은 일 있어도 전화하구 그랬었잖아.

:　**형태:** 쫌 전에 밥 먹고 나왔고 아직 아무 일도 안 생겼어.

:　**난희:** 여행 갔다 와서 너랑 통화 기록이 전무하다.

: 형태: 어쩌라고.

: 난희: 어색한 점 있으면 말해달라며.

: 형태: 시정하자 그럼.

: 난희: 어디야?

: 형태: 도로.

: 난희: 어…… 너도 묶여 있겠구나?

: 형태: 응.

: 난희: 늦어?

: 형태: 오늘 뒤풀이 있을 것 같아. 아마. 마무리 녹음하거든.

: 난희: 술 마시겠네?

: 형태: 그렇겠지?

: 난희: 차 갖고 갔잖아.

: 형태: 대리 하면 되지.

: 난희: 그래. 술 먹고 운전하지 마.

: 형태: 내가 언제 그래?

: 난희: 안 하지만. 어쨌든.

: 형태: 넌 어디야?

: 난희: 지하도.

: 형태: 약속 늦겠다, 너.

: 난희: 요즘도 민방위 훈련하고 있는 거 알았어?

: 형태: 그러게. 하네.

168

: 난희: 무심코 지나가서 잘 몰랐나봐.

: 형태: 그랬나보다.

: 난희: 이제 무심코 지나지지 않을 것 같아. 평생 생각날 것 같아. 사이
렌만 울리면. 네 생각날 거야. 죽을 때까지.

: 형태: 헷갈리게 하지 마. (해제경보가 들려온다) 풀렸다. 가라.

관계의 눈금은 변한다. 끌어안고 부벼대도 아무런 자극이 되지
않던 친구는 이제 민방위 사이렌만 들리면 생각날, 죽을 때까지 기억
날 사람이 되고 말았다.

결국, 「9회말 2아웃」의 마지막 장면은 형태의 프러포즈다. 결혼하
자는 형태에게 난희는 대답한다.

"연애 더 하자. 아깝지도 않냐?"

사실 아까울 만도 하다. 그들이 관계가 우정에서 사랑이 되기까
지, 얼마나 지난하게 달려왔는데. 자신의 의지와 상관없이 변하는 눈
금을 보며, 이건 뭐지, 자기 마음도 상대의 마음도 온통 미스터리가
되고, 우린 남자 여자 아니었잖아, 우린 서로 그냥 사람이었잖아, 고
개를 흔들었다가, 마침내 '오늘까지만 연애'를 허락했다가, 키스를 했
지만 다시 친구로 돌아가려 발버둥 치다, 그리워하다, 아, 이제 인정
하지 않을 수가 없어, 눈금이 이미 '연애' 쪽에서 왔다 갔다 하잖아,
이런 소동 끝에, 드디어 도착한 연애니까.

그는 '딱 하나만 약속해달라'고 했었다. 조금 뜬금없다는 생각을 했다. 아무것도 규정할 수 없었던 사이였기에, 그가 말하는 '단 하나의 약속'이 뭘까, 그것이 과연 내가 들어줄 수 있는 약속일까, 그가 나에게 약속을 요구할 수 있는 사람일까…… 짧은 순간에 많은 생각이 머릿속을 스쳐갔다.

"앞으로, 우리 사이가 어떻게 변하게 될지는 모르겠지만, 미안하다는 말은 하지 말아요."

내가 미안하다고 말해버리면, 그러면, 자기 마음이 뭐가 되느냐고 했다. 왠지 그 사람 마음을 이해할 수 있을 것 같아 그러마고 했다. 그 뒤로 이상하게 그 사람한테 미안해할 일만 계속 생겨서, 이 사람, 앞으로 우리 사이가 어떻게 변해갈지 알고 있었던 건가, 그런 생각까지 들었었다.

결국 그 사람에게 한 번도 미안하다고 말하지 못했다. 미안해. 그것이 그 사람에게 가장 하고 싶었던 말, 가장 했어야 했던 말이었는데, 그것이 그 사람과 했던 유일한 약속이어서, 지켜야 한다고 생각해서, 미안하다고 말하지 못해 무거워진 내 마음은 내 몫이라 생각돼서, 최소한 그 무게 정도는 내가 감당해야 한다고 생각돼서, 수도 없이 미안했던 순간들에도 말하지 못했다.

그 사람과의 사이는 무엇이었을까, 무엇이라 이름 붙여야 했을까,

때로는
괜찮다 싶을 때도
있고

자못 궁금해지는 요즘이다. 연애보다 더 애틋하면서도 연애가 아니었던, 그런 사이도 있다. 엘리베이터에서 마주치는 낯선 사람보다도 더 덤덤하면서도 연애인, 그런 사이도 있듯이.

퍼즐처럼 성실하게 맞춰나가는 부부 관계

미국 드라마 「굿 와이프(The Good Wife)」, 2009~, CBS
시즌1 파일럿 에피소드
극본: 로버트 킹·미셸 킹, 연출: 찰스 맥두걸
시즌2 에피소드23
극본: 로버트 킹·미셸 킹, 연출: 로버트 킹

굿 와이프. 좋은 아내.

묘하게도 다가오는 제목이었다. 드라마니까, 현모양처에 대한 이야기를 고리타분하게 늘어놓지 않을 줄은 알았다. '좋은 아내'란 '좋은 남편'과 마찬가지로 쉽게 정의내릴 수 없는 존재라는 것도 알고 있었다. 그 유명한 리들리 스콧, 토니 스콧 감독 형제가 제작한 드라마라는 사실이 흥미를 끌기도 했다. 그런데 드라마의 첫 장면을 보고 숨이 턱, 막혔다. '좋은 아내'에 대한, 더 정확하게는 '부부간의 신의'에 대한, 이렇게 절묘한 그림이라니.

때로는
괜찮다 싶을 때도
있고

남편과 아내의 맞잡은 손에서 이 드라마는 시작한다. 손을 맞잡고 그들이 향한 곳은 기자 회견장이다. 이곳은 매춘부와 섹스 스캔들을 일으킨 남편 피터(크리스 노스 분)가 검사장을 사임할 것을 발표하는 자리다. 피터는 말한다. 자신이 사생활에서 실수를 범했으며, 그 때문에 아내와 가족에게 큰 잘못을 저질렀으나, 결코 권력을 남용한 적은 없다고 말이다. 자신과 아내의 사생활을 보호해달라고, 치유할 시간을 달라고, 피터는 역설한다. 그런 피터의 곁에 '좋은 아내' 알리샤(줄리아나 마굴레스 분)가 서 있다. 저는 남편을 여전히 신뢰하고 사랑합니다, 라는 메시지를 전하기 위해, 남편을 정치적 위기에서 보호하기 위해.

그러나 매춘부와 바람을 피운 남편이 그리 쉽게 용서가 되겠는가. 카메라는 피터의 옆에 있는 알리샤를 향한다. 그녀는 묵묵히 카메라 플래시 세례를 받는다. 그녀의, 텅 빈 표정.

그 장면은, 부부라는 관계가 어디까지 틀어질 수 있는지, 배우자를 어디까지 배신할 수 있으며, 배우자를 어디까지 용서할 수 있는지에 대한 날카로운 질문이었다. 그리고 부부란 다른 어떤 것보다도 특별하고 복잡하며 심지어 기묘한 관계임을 보여주는 장면이었다.

친구들 중 가장 일찍 결혼 생활을 시작한 한 친구는 하루가 멀다 하고 술에 취해 새벽에 귀가하는 남편을 보며 속으로 수도 없이 되뇌었다고 했다.

'제발 바람만 피워라. 꼬투리 잡아서 위자료 받고 이혼하게.'

당시 그녀는 20대 후반의 결혼 2년차 전업주부였다. 그 말은 나에게 큰 충격으로 다가왔다. 바람을 피우는 남편의 배신이 더 큰 것인지, 매일 배신을 꿈꾸며 살아가는 아내의 일상이 더 큰 배신인 건지, 헷갈렸다. 내가 배신하기 위해 상대의 배신을 기도하는 아이러니를 품고, 한 공간에서 가정과 육아라는 공동의 목표를 추구하며 살아가는 이런 관계는 도대체 뭐지? 그때 나는 부부라는 관계의 '역동성'에 대해 어렴풋이나마 깨달았는지도 모르겠다. 그 이후 오랫동안 이어진 싱글 생활 동안, 결혼을 한다는 것, 부부가 된다는 것이 이해할 수 없는 어려운 수학 공식 같아서, 그래서 나는 결혼에 대해 지레 겁을 먹었는지도 모르겠다.

「굿 와이프」는 2009년 시작되어 CBS에서 인기리에 방송중인 시리즈로 2012년 9월부터 시즌 4가 방송 중이다. 앞서 말했다시피 스콧 형제가 제작에 참여해 시작부터 많은 화제를 모았고 영화·드라마 데이터베이스 사이트에 '그의 스캔들, 그녀의 이야기(His scandal, Her story)'라고 간단히 내용이 요약되어 있다. 「굿 와이프」는 흥행성뿐 아니라 작품성도 인정받았는데, 마치 재클린 케네디를 연상시키는 우아하고 지적인 이미지로 알리샤 역을 연기해낸 줄리아나 마굴레스는

2010년 골든글로브 TV시리즈 드라마 부문 여우주연상을 수상했고, 뛰어난 조사원이자 비밀을 간직한 알리샤의 동료로 출연하는 칼린다 역을 맡은 인도계 배우 아치 펀자브어는 2010년 에미상 드라마 부문 여우조연상을 수상하기도 했다.

남편의 섹스 스캔들을 덮기 위해 좋은 아내로서 그의 곁에 섰던 첫 기자회견 후 피터는 구속되고, 알리샤는 생계를 위해 다시 변호사 일을 시작한다. 알리샤의 로펌 대표는 그녀의 대학 동창이자, 오랜 시간 알리샤에게 연정을 품어온 윌 가드너(조시 찰스 분)다. 알리샤는 예리한 통찰력에 따뜻한 휴머니즘을 겸비한 능력 있는 변호사로 승승장구하고 그 과정에서 뛰어난 자료 조사원인 칼린다와 우정을 쌓아나간다. 시즌 2에 접어들면서 피터는 누명을 벗고 새로 주검사장 민주당 후보로 출마하여 당선되고, 그 과정에서 알리샤는 결정적인 역할을 해낸다. 그러나 피터의 당선과 동시에 알리샤는 사실 피터가 과거에 칼린다와 원나잇스탠드를 한 적이 있었음을 알게 되어 큰 충격을 받게 된다. 그리고 늘 엇갈리기만 하던 윌과 서로의 진심을 확인한다. 사건을 해결한 후, 바에서 데킬라를 마시면서 윌과 알리샤는 대화를 나눈다.

: 알리샤: 당신과 여자들……
: 윌: 뭐?
: 알리샤: 당신과 여자들. 시카고에서 열여섯 번째로 멋진 싱글남 씨.

: 윌: 맞아. 여자들은 날 좋아하지. 내가 진짜 어떤 사람인지 알기 전에는 말이야.

: 알리샤: 어떤 사람인데?

: 윌: 알고 싶지 않을 거야.

: 알리샤: 말해봐. 난 항상 털어놓잖아. 진짜 너는 어떤 사람인데?

: 윌: 통제할 수 없는 요실금이 있어.

: 알리샤: (크게 웃는다)

: 윌: 신나게 웃는구나.

: 알리샤: 그럼 태미는? 태미는 어떤데?

: 윌: 내 여자친구? 런던에 있겠지. 어제 전화가 왔었어. 최종 변론이 끝나고…… 짐을 쌌다고 말이야. 내가 달려가서 붙잡았어야 했는데……

: 알리샤: 그런데?

: 윌: 장갑*이 나타났다는 전화를 받았지…… 우린 언제나 타이밍이 안 좋았잖아?

: 알리샤: ……그랬지.

: 윌: 우리가…… 갑자기 타이밍이 좋아진다면 어떨까? 단…… 한 시간만이라도 말이야…… 어떻게 될까?

: 알리샤: ……내 생각엔…… 정말 끝내주는 시간이 될 거야.

*이 대화가 등장한 에피소드에 나온 소송의 결정적인 증거.

때로는
괜찮다 싶을 때도
있고

마침내 그들은 손을 잡고, 키스를 하고, 호텔 방문을 열고, 안으로 들어간다. 그렇게 방문이 닫히면서 「굿 와이프」의 두 번째 시즌은 끝난다. 그런데 이번 사건에서 알리샤가 승소할 수 있었던 결정적인 도움을 준 것이 피터라는 사실을 알리샤가 모르고 있기 때문에, 닫히는 문이 조금 야속하기도 하다. 알리샤의 승소를 뒤에서 지켜보던 피터의 표정을 우리는 보았기에.

한숨이 나왔다. 아무리 드라마라도, 피터와 알리샤, 저 부부 참 꼬인다 싶었다. 일부일처제가 완벽한 제도라고 생각하는 것도 아니고, 피터가 칼린다와도 잠자리를 했다니 '도대체 몇 명의 여자랑 바람을 피운 거야?' 하고 힐난하는 마음이 없는 것도 아니고, 게다가 시즌 2에서 급격히 비중이 늘어난 듯 보이는 윌이 볼수록 매력남이어서 알리샤랑 잘되었으면 좋겠다, 응원하고 싶은 마음도 생겨났는데도, 이상하게 나는 피터가 마음에 걸렸다. 차기 대선 후보로까지 거론되는 유력 정치인이 되었지만, 아내에게서 버림받은 피터의 상처받은 표정이 눈에 들어왔다. 아내를 붙잡고 싶은데 그러기엔 자신에게 너무나 흠이 많다는 것을 알고 있는 남편, 아내가 자기와 함께일 때 과연 행복할 수 있을까 스스로 의심하는 남편…… 과연 저들의 관계가 회복될 수 있을까 의심스러울 정도로, 뒤틀리고 꼬이고 엇갈린 지금의 상황 속에서.

나는 친구의 '퍼즐'을 떠올렸다. 작은 조각들을 끼워 맞춰서 마침
내 온전한 하나의 그림을 완성하는 퍼즐 말이다.

　한때 남편과 자신의 배신을 꿈꾸던 친구의 집에 오래간만에 찾아
갔을 때, 부엌 한쪽 벽에 1,000피스짜리 퍼즐이 걸려 있었다. 몇 달이
나 시간을 들여 맞춘 퍼즐이라고 했다. 남편이 죽도록 싫어질 때마다
작은 방에 들어가 퍼즐을 맞췄다고 했다. 짬짬이, 남편이 미울 때마
다. 그러니 부엌에 걸려 있는 1,000피스짜리 퍼즐은 아직까지 헤어지
지 않고 살아남은 자기네 부부의 상징 같은 거라고, 그녀는 농담처럼
말했다.

　"500피스짜리도 저 방에 있어."

　그랬다. 결혼을 유지하기 위해, 나의 친구는 도합 1,500피스의 퍼
즐을 맞췄다. 다 맞춰진 퍼즐은, 폭포가 있는 어느 산속 풍경이었다.
조각조각 맞춰진 푸른색 풍경은 아름다웠다.

　여전히 퍼즐은 그 자리에 걸려 있지만, 벌써 결혼한 지 10년을 넘
긴 친구는 이제 퍼즐을 맞추지 않는다. 이제는 웬만하면 그러려니 할
수 있는 경지에 도달했다고, 그녀는 웃었다. 남편의 머리숱이 줄고 나
잇살이 붙어가는 것이 안쓰럽게 느껴지기 시작했다고.

　어쩌면 부부가 된다는 것은, 수천 피스짜리 퍼즐을 맞추는 행위
와 같은 것인지도 모른다. 우리는 서로 다른, 독립된 인격체이므로 각

기 다른 수많은 조각들을 가지고 있다. 비슷한가 싶지만 전혀 다른 모양의 조각들, 이 자린가 싶지만 전혀 엉뚱한 자리에 놓여야 하는 조각들, 시냇물인가 했는데 알고 보면 하늘의 일부였던 조각들.

그 조각들은 대부분 사소한 것일지도 모른다. 치약을 중간부터 짜서 쓰는 습관이나, 변기 뚜껑을 올린 채 내버려두는 버릇 같은 것. 설거지를 미뤄두거나, 수건을 쓰고 나서 새 수건을 꺼내 수건걸이에 걸어두지 않거나, 국물이 없으면 밥을 먹지 않는다거나, 에어컨을 틀면 바로 감기에 걸려버린다거나, 이불을 걷어차고 자거나, 각자 선호하는 채널이 다르다거나 하는 사소한 조각들……

그러나 '결과보다 과정'이라는 옛말처럼, 찬찬히 골똘히 들여다보고 딱 맞는 그 자리에 놓여야 하는 섬세하고도 예민한 조각들이 모여 아름다운 퍼즐의 풍경을 이루는 것이다.

피터에게 두 번이나 큰 상처를 받은 알리샤가 피터와의 결혼을 유지할지, 아니면 오랫동안 품어온 첫사랑 윌과 다시 시작할 수 있을지 잘 모르겠다. 그런 문제는 본디 정답이 있는 것이 아니니까. 어느 쪽을 선택하든 나름의 이유가 있을 것이고, 결국 좀 더 행복해질 수 있는 방향으로 걸어갈 알리샤를 응원할 것이다.

꼬일 대로 꼬이고, 큰 상처와 배반으로 얼룩진 피터와의 관계도 어떤 식으로든 회복할 수 있을 것이다. 부부인 그들은 이미 자신들만의 퍼즐을 맞췄던 시간이 있었을 테니까. 그 시간 덕분에 폭풍처럼 몰아쳐온 엄청난 사건들에도 불구하고 아직까지 버텨온 것이 아닐까. 언제부터 퍼즐이 헝클어졌는지는 모르겠지만, 퍼즐이 완전히 산산조각 나버렸다 해도 다시 처음의 조각부터 시작할 수 있는 것처럼, 세상에 다시 시작할 수 없는 관계란 없다고 진심으로 생각한다.

그래서 현명한 나의 친구는 묵묵히 작은 방에서 퍼즐을 맞추었던 것인가 보다. 퍼즐처럼 성실하게 삶에 임하기 위하여. 살다 보면 엉키고 흩어지는, 애초에 남이었던 두 사람의 마음을 언제라도 처음 조각들이 맞물리는 순간으로 다시 돌려놓기 위하여.

동전들의 기억

「시크릿 가든」, 2010~11, SBS
극본: 김은숙, 연출: 신우철·권혁찬

나는 '과도하게' 독립적인 딸이었다. 나에게 일어나는 일들, 시시콜콜한 일상사를 엄마에게 일일이 고하지 않았다. 대학을 떠날 때가 가까워올 무렵, 논문 쓰랴, 스터디 하랴 한창 바빴지만 나는 집에 별다른 설명을 하지 않았다. 엄마도 묻지 않았다. 묻는다 해도 별일 아니라는 퉁명스러운 대답밖에 돌아오지 않으리라는 것을 엄마도 알았겠지. 집에서는 놀랄 만큼 과묵해지고 잔소리를 싫어하는 딸이었으니.

넣을까 말까 망설이던 방송사의 원서 접수 마감을 두 시간 앞두고 지원했다. 남자친구가 "그냥 경험 삼아 한번 넣어봐"라고 하기에 '그래볼까' 했던 것이었다. 애초에는 합격을 기대하지 않았다. IMF 사태의 여파로 가뜩이나 치열하던 언론사 취업 경쟁률이 두 배로 뛰었던 시기였다.

그런데 그해 내 운이 꽤 좋았던 모양이었다. 서류 전형, 필기 1차, 2차 시험을 연이어 붙고 마침내 최종 면접만 남았을 때, 뭔가 될 것 같은 예감이 들었다. 최종 면접일을 며칠 앞두고 엄마에게 이야기를 했다. 반응은 예상과 달랐다.

엄마는 매우 서운해했다.

"너는 방송국 시험을 보면서 어떻게 엄마한테 한마디도 안 할 수 있니?"

"붙을지 떨어질지도 모르는데 미리 말해서 뭐 해. 괜히 실망하면 어쩌려고……"

내 말이 끝나기도 전에 엄마가 그랬다.

"가족인데 뭐 어때. 그런 게 가족인데."

떨어지면 어떻고 실망하면 어떠냐고, 가족인데 뭐 어떠냐고, 그런 게 가족 아니냐고, 섭섭함을 가득 담아서 엄마는 그렇게 말했다.

나의 2010년 연말과 2011년 새해는 「시크릿 가든」과 함께 지나갔다. 개인적으로 2010년이 감옥에 갇힌 듯 답답했던 시기였으므로, 운명적인 이유를 가진 남녀의 영혼 체인지 판타지에 더 몰입했던 건지도 모르겠다.

'까도남'이라는 유행어를 만들어낸 재벌 3세 김주원(현빈 분)과 '어메이징한' 스턴트우먼 길라임(하지원 분)도 좋았지만, 그 주변 인물들, 예컨대 주원의 비서였던 김 비서(김성오 분)나 무술감독 임종오(이필립 분), 김 비서와 러브라인을 이루었던 라임의 친구 아영(유인나 분)도 매력적이었다. 거기다가 주원의 엄마 문분홍 여사님(박준금 분)까지!

분홍 여사님을 주목한 사람이 나뿐은 아니었던 듯, 테마곡 「그 여자」를 분홍 여사의 입장에서 패러디한 「그 여사」의 가사가 인터넷을 도배하기도 했다. "한 여사가 오늘도 반대합니다. 그 여사는 열심히 떼어놓습니다. 매일 끈질기게도 라임이 따라다니며 그 여사는 웃으며 돈을 줍니다. 얼마나 얼마나 더 줘야 내 아들 떠나가겠니……" 이런 식의 패러디가 꽤 인기를 끌었던 걸 보면, 분홍 여사는 라임을 너무 싫어해서 주원과 어떻게든 갈라놓으려 했던 악역이었지만, 사람들에게 나름 '이유 있는' 인물로 이해받고 사랑받았던 것 같다.

나 역시 분홍 여사가 좋았다. 그녀는 대놓고 말하는 스타일에 위선도 떨지 않았다. 까놓고 속물성을 드러냈지만 한편으로는 거래의 공정함을 아는 사람이었다. 뭔가를 받기 위해서는 뭔가를 줘야 한다는 교환의 원칙에 충실했다. '내 아들과 헤어져라, 그 대가로 돈을 주겠다'는 식으로.

또한 나는 분홍 여사가 궁금했다. 아들을 향한 저 맹목적인 애정의 근거는 뭘까. 다 큰 아들의 연애사까지 간섭해도 좋다고 여기는 저 당당함의 이유는 뭘까. 엄마와 자식은 어디까지 서로의 인생에 끼어들 수 있을까. 엄마는 어디까지 자식의 인생을 통제할 수 있으며, 자식은 어디까지 엄마의 개입을 허락할 수 있을까, 또는 어디까지 엄마에게 기댈 수 있을까, 이런 물음들.

더불어 그때 우리 엄마의 얼굴에 떠오른 서운한 표정이 기억났다. 모든 엄마와 자식 들은, 서로의 인생에서 무엇을 얼마만큼 공유할 것인지 그 경계를 두고 끊임없이 다투고 있는지도 모르겠다.

주원과 라임의 영혼이 바뀌는 데에는 이유가 있었다. 주원이 기억하지 못하는 13년 전의 엘리베이터 사고에서 주원을 구해내고 목숨을 잃은 소방관이 바로 라임의 아버지였던 것. 주원과 라임은 몰랐지만, 두 사람의 기이한 인연 뒤에 운명적인 열쇠가 존재했던 것이다.

라임 아버지의 기일, 납골당에서 문분홍 여사와 길라임이 마주친다.

:　**분홍** : (혼잣말로) 저 물건을 왜 하필 이런 데서 만나. 마뜩찮아서 정말……

:　**라임** : (다가와서) 안녕하셨어요.

:　**분홍** : 약 오르라고 묻는 거야? 내가 너 땜에 안녕하려야 할 수가 있

겠니?

: 　라임 : 죄송합니다. 근데 정말 죄송하지만, 왜 거기다 꽃을 놓으셨어요?

: 　분홍 : 밖에서 만나니까 너 혹시 나 반갑니? 네 볼일이나 봐! 네가 그

　　게 왜 궁금해!

: 　라임 : 혹시 저희 아빠 보러 오신 게 아니신가 해서……

: 　분홍 : 뭐?

: 　라임 : 이분, 길 익자 선자…… 저희 아빠시거든요.

: 　분홍 : 뭐…… 뭐?

: 　라임 : 저희 아빠를 아세요?

충격에 휘청거리는 분홍 여사님. 그토록 떼어놓고 싶어했던 아들의
여자가 바로 아들의 생명을 구해준 은인의 딸이었다는 사실. 그날 밤,
분홍 여사는 라임의 집을 찾아간다. 은인에 대한 감사? 그간의 횡포에
대한 참회?

아니다.

분홍 여사는 엄마니까. 아들의 인생에서 절대 빠질 수 없는 엄마
니까. 그래서 분홍 여사는 의외로 아주 '엄마다운' 거래를 제안한다.

: 　분홍 : 언제 알아도 알겠다 싶어 왔어. 그때 가서 무기랍시고 덤빌까

　　봐 내가 선수 치는 거야.

: 　라임 : 무슨 말씀이신지……

:　분홍 : 우리 주원이 스물한 살 겨울에 사고가 있었어. 근데 주원인 그 사고를 그냥 가벼운 교통사고 정도로 알아. 충격이 컸는지 기억을 못 하거든. 그때 주원일 구하고 소방관 한 분이 순직하셨어. 내가 너랑 납골당에서 마주친 이유가 바로 그 때문이야.

:　라임 : 서, 설마……

:　분홍 : 그래. 그분이 바로 너희 아버지시더구나.

충격을 받은 라임의 눈에서 눈물이 떨어지는데, 바로 그때, 분홍 여사가 무릎을 꿇는다. 돈 많고 도도하고 라임을 발끝 때만치도 못하게 보아왔던 바로 그 분홍 여사가, 라임 앞에 무릎을 꿇었단 말이다.

:　분홍 : 돈으로 보상하마. 어마어마하게 보상하마. 얼마가 됐든 다 보상하마. 그러니 이걸로 우리 주원이 발목 잡지 마. 이제 그만 우리 주원이 놔줘. 이렇게…… 부탁한다.

분홍 여사의 눈에도 눈물이 고인다.

딸같이 어린 여자 앞에서 무릎을 꿇는, 제발 우리 아들 앞길만 막지 말아달라고 눈물을 흘리는 분홍 여사의 모습이 왜 이렇게 '엄마답게' 느껴지는 건지. 아들의 연애와 결혼을 자신의 그것보다 더 중시하는 오지랖, 자식의 삶과 자신의 삶을 동일시하는 혼돈이 왜 많은 다른 엄마들과 닮아 보이는 건지. 옳고 그름, 맞고 틀림을 떠나서, 왜 순간적으로 뭉클해져버리는 건지. 분홍 여사가 보상하겠다는 그 어마어마한 돈이 왜 미국에서 보았던 어떤 '동전들'과 비슷하게 느껴져버린 건지. 꽁꽁 봉해진 테이프를 뜯어내고 상자를 열었을 때 훅, 풍겨나오던 김치 냄새와 함께 모습을 드러냈던 그 동전들의 기억은 아직도 선명한데.

스물일곱 살의 첫 해외 여행. 미국, LA였다. 처음이라 모든 것이 서툴렀다. LA에서 유학하고 있던 선배에게 전화를 걸어 도움을 요청했다. 그는 오는 길에 자기 집에서 부치는 짐을 대신 받아와달라 부탁했다.

선배를 꼭 닮은 그의 어머니는 김치와 각종 장류, 밑반찬이 가득 들었음이 분명한 상자를 앞에 두고 공항에서 나를 기다리고 계셨다. 그 상자에 최소한 오이소박이가 포함되어 있음은 확실했다. 전화로 선배가 말했으니까. "내가 오이소박이를 좋아해서, 아마 오이소박이는 꼭 챙기셨을 거야"라고. 먼 나라에서 전해오는 선배의 목소리에서 내가 읽어낸 감정이 자랑스러움이었는지 그리움이었는지 미안함이었는지는, 글쎄, 잘 모르겠다.

"아유…… 초면에 이런 부탁을 해도 되나?"

짐을 부치면서 보니 그 커다란 상자는 상당히 무거워서 차도 없이 인천공항까지 어떻게 들고 오셨을까 싶었다. 아들에게 '엄마 음식'을 먹이겠다는 마음 하나로 팔이 아픈 줄도 모르고 오래 전철을 타고 오셨을 모습이 눈에 선했다.

한국말을 하는 승무원이 하나도 없는 비행기 안에서 나는 가지고 갔던 책 몇 권을 내리 읽었다. 그리고 마침내 도착한 LA. 짐을 찾고 나가니 선배가 서 있었다. 키가 큰 선배 뒤로 야자수와 파란 하늘이 보였다.

"짐이 있으니까 일단 집으로 가자."

선배의 빨간 마쓰다를 타고 달렸다. 그가 운전하는 모습을 처음 보았다.

선배의 집에서 어머니가 보내신 상자를 열었다. 겹겹이 붙은 테이프를 떼어내고 커다란 누런 상자를 펼쳤을 때 훅, 풍겨져 나오던 김치 냄새, 그리고 꼭 묶인 비닐봉지 안에 가득했던 미국 동전들……

"이건 뭐야?"

상자의 맨 위에는 1센트, 5센트, 10센트, 25센트 동전들이 가득 담긴 비닐봉지가 있었던 것이다.

"어머니가 팁을 모으신 거야."

선배의 어머니는 호텔의 메이드였다. 손님들이 호텔 룸에 팁으로 놓아두고 간 동전들을 하나둘씩 모아서, 음식들을 부치는 김에 같이 넣으시는 모양이었다. 그 모자 관계에서 타인에 불과한 나는 선배 몰래 혼자 울컥해버리고 말았다. 다 모아봤자 얼마 되지 않을 그 동전들은 감히 값을 매길 수 없는 어머니의 사랑이었으니까. 그 마음 덕분에 선배는 고된 유학 생활을 견뎌낼 수 있었을 것이다. 어머니의 오이소박이를 먹고 어머니의 동전으로 버스를 타고 학교에 가면서.

나는 우리 엄마를 생각했다. 엄마도 나에게 주고 싶은 동전들이 있었겠지. 하나하나 모아서 조심스레 담아서 얼마 안 되지만 너 필요한 데 써라 하면서 보내주고 싶은 동전들이. 어쩌면 나는 알면서도 외면해온 것이 아닐까. 손에 쥐면 그 동전이 엄마의 체온으로 못내 따뜻하리라는 것을 알면서도, 무거웠던 것이 아닐까. 동전의 뒤에 감춰져 있을 엄마의 정성과 사랑을 받아들이기에 나는 너무 작고 숨이 찼던 것이 아닐까. 그래서 '독립성'이라는 팻말을 내걸고, 엄마에게 동전을 부칠 수 있는 주소를 안 가르쳐주었던 것이 아닐까 하고.

미국에 있던 열흘 동안 단 한 번도 엄마에게 전화하지 않았다. 심지어 비행기 스케줄도 알려주지 않았다. 왠지 그래야 할 것 같았다. 엄마의 마음을 배려할 수 있는, 엄마의 동전을 받을 만큼의 여유가 그 당시 나에게는 없었다.

첫 해외 여행을 마치고 식구들을 위한 선물 하나 들어 있지 않은 배낭을 메고 현관 벨을 눌렀을 때, 문을 열고 반갑게 맞아준 사람은 엄마였다.

"너도 참 대단하다. 어떻게 전화 한 통을 안 해."

자식 일이라면 끔찍한 엄마가, 챙겨주기 좋아하는 살가운 성격의 엄마가, 나와 전혀 다른 종류의 사람인 엄마가 열흘 이상 연락을 두절해버린 딸을 보고 반갑게 웃었다.

"배고프지. 얼른 밥 먹어."

맛있다, 고맙다, 이런 말을 했던 기억이 남아 있지 않은 것을 보니 그때 나는 그저 당연하게 엄마의 밥을 받아먹었던 모양이다.

그러니 결국 내가 이겼다. 내 방식을 고수했고 엄마가 그것을 받아들이게 만들었으니. 내 인생은 내 것이니 간섭하지 말라는 의사를 분명히 했으니. 그러나 그것이, 필요할 때는 찾고 필요 없을 때는 무시하는 제멋대로의 원칙이 아니었나, 동전의 따뜻함보다 동전의 무게가 버거웠던 철없음이 아니었나 하고 돌아보게 된 것은 한참이 지난 후, 부다페스트의 공중전화 앞에서였다.

그때 나는 갈팡질팡하고 있었다. 겉으로 보이는 모습이야 어쨌는지는 모르겠지만 속은 만신창이였다. 유럽으로 떠나기 얼마 전, 가까운 누군가가 이별을 고해왔다. 함께 여행을 가고 싶었을 정도로 좋았던 사람을 보내고 혼자 비행기 티켓을 끊었다. 멀리서 견디다 보면 적어도 그 사람에게 전화를 걸어 다시 한 번 시작해보자고 애원하는 일은 막을 수 있겠다 싶었다. 그 예상은 맞았다. 나는 그 사람에게 전화하지 않았다.

내가 전화를 건 사람은, 엄마였다.

허름한 공중전화 부스에서 얼마인지 잘 계산되지도 않는 헝가리 동전들을 잔뜩 집어넣고 길게 눌렀던 번호. 나 지금 부다페스트에 있어. 잘 지내고 있으니 걱정하지 마. 며칠에 돌아가. 비행기 도착 시간은 몇 시야. 엄마도 잘 지내. 그 짧은 안부를 전하는 순간에도 동전들이 후드득 떨어지는 소리가 들렸고, 한 움큼 쥐고 있던 동전은 순식간에 동이 났다. 멀리서 들려온 엄마의 목소리는 여전했고, 그 여전함에 나는 안도했다.

어쩌면 효도란 별 게 아닐지도 모른다. 엄마와 내 삶의 일부를 공유하는 것. 편하게 엄마가 내 인생을 들여다볼 수 있게 허용하는 것. 그제야 나는 비로소 오래전 엄마가 느꼈던 서운함의 정체를 알 것도 같았다.

그때 엄마는 나의 기쁨뿐 아니라 고통까지도 기꺼이 함께하고 싶어했던 거다. 좋은 것만 나누면 그게 무슨 엄마냐고, 엄마라면 당연히 딸의 '좋지 않은 것'까지도 품어야 하는 것 아니냐고. 그러니, 엄마와 아무것도 공유하려 하지 않는 내가, 내 기준으로 선별된 일부의 정보만을 가질 수 있었던 엄마는 몹시도 서운했던 게다.

그래서 여행 중에 나는 내가 할 수 있는 최대한의 효도를 했다. 도시가 바뀔 때마다 공중전화를 찾은 것이다. 전화를 하기 위해서는 잔돈이 필요했기 때문에 물건을 살 때는 일부러 지폐로만 계산을 했다. 주머니 안에서 짤그락대던 그 동전들은, 체온처럼 따뜻했다.

III.
어쩌면
장밋빛일지도 몰라

여자들의 우정 키워드, '카페'와 '칭찬'

미국 드라마 「섹스 앤 더 시티(Sex and the City)」, 1998~2004 HBO
시즌4 에피소드2
극본: 대런 스타·마이클 패트릭 킹, 연출: 마이클 패트릭 킹

「섹스 앤 더 시티」가 우리들의 세계에 들어왔을 때를 기억하시는지. 화려한 의상을 휘감은 그녀들이 그들만큼이나 멋진 뉴욕이라는 도시 곳곳에서 '여자들의 이야기'를 거침없이 수다로 풀어내기 시작했을 때, 그것은 하나의 '사건'이었다. '섹스'라는 단어를 드라마 제목으로 사용하는 그 과감함이라니. 그럼에도 그녀들은 너무나 세련되고 도도하고 아름답고 사랑스러웠다. 전 세계 여성들은 열광했고, 우리들은 「섹스 앤 더 시티」속 네 명의 그녀들 중 적어도 하나와 내가 닮았다고 믿으며 '브런치'라는 낯

선 식사 형식을 우리의 일상으로 받아들이기 시작했다.

그러나 뭐니 뭐니 해도 「섹스 앤 더 시티」가 남긴 공로라면, 흔히 '수다'라고 통칭되는 여성들의 대화가 브라운관이라는 공적 담론의 장으로 편입되었다는 점, 그리하여 수다가 무의미한 시간 때우기용이 아니라 의미 깊고 토론되어야 할 가치가 있는 이야기로서 인식되기 시작했다는 점, 그리고 가장 중요하게는 '여성들의 우정'이 새롭게 조명되기 시작했다는 점이 아닐까 싶다. 그간 '남자들의 우정'보다 폄하되어왔던 '여자들의 우정'이 실재하며 강력하다는 사실 말이다.

잘 알려져 있다시피 「섹스 앤 더 시티」에는 네 명의 여성이 등장한다. 신문에 섹스 칼럼을 연재하는 칼럼니스트 캐리(사라 제시카 파커 분), 변호사 미란다(신시아 닉슨 분), 홍보 전문가 서맨사(킴 캐트럴 분), 큐레이터 샬럿(크리스틴 데이비스 분)이 그들이다. 이들은 하나같이 예쁘고 잘나가는 뉴요커들이지만 이들이 하는 고민은 우리와 크게 다르지 않다―다이어트, 패션, 연애, 섹스, 결혼, 우정, 육아, 일, 경제, 남자, 꿈……

그리고 이런 주제들은 여자들의 우정이 꽃피는 장소인 '카페'(혹은 카페에 준하는 레스토랑)에서 기탄없이 펼쳐진다. 그곳에서 그녀들은 은밀한 고민을 꺼내놓고 토론하고 공감하고 고뇌하며 마침내 서로의 우정을 확인한다. 그러면서 그녀들은 조금씩 자신들만의 해답―'진짜 나'―를 찾아간다. 그 수다 속에서 가장 주목할 만한 요소가 있다면 아마도 '칭찬'일 것이다. 넌 멋져, 넌 할 수 있어, 넌 예뻐! 때론 못

남성들의 손발을 오그라들게 만들지도 모를 깨알 같은 찬사까지. 그런 크고 작은 칭찬들은 아마도 남자들의 우정에서는 찾아볼 수 없는 것이리라.

그러니 감히 이렇게 말해도 좋을 것이다. 여자들의 우정의 핵심적인 두 단어는 아마 '카페'와 '칭찬'일 거라고. 카페라는 형식에 칭찬이라는 내용을 담은 여자들의 우정. 「섹스 앤 더 시티」는 그런 여자들의 우정을 예리하고도 세련되게 그려낸다.

「섹스 앤 더 시티」 네 번째 시즌의 두 번째 에피소드 "진짜 나(The Real Me)"는 전 시즌을 통틀어 가장 인상적이었던 에피소드 중 하나다. 인간이 평생 살면서 절대 놓을 수 없는 질문인 "도대체 나는 누구인가?"에 대한 작은 성찰을 담고 있을 뿐 아니라, 그 성찰의 과정에서 빼놓을 수 없는 '여자 친구의 역할'을 보여주고 있기 때문이다.

클럽에서 게이 친구 스탠퍼드와 함께 있던 캐리는 패션쇼 프로듀서 린에게서 자신이 연출하는 패션쇼에 꼭 나와달라는 요청을 받는다. 모델과 스타일 좋은 뉴요커(일반인)가 함께하는 쇼인데, 스타일 좋은 뉴요커 하면 바로 너 아니겠느냐며.

그리고…… 자, 또 카페다.

우리가 생각하는 모든 것들이 테이블 위에 올라 정화(?)되고 정리되는 장소. 우리의 우정이 발호하고 키워지는 곳.

다이어트와 서맨사의 누드사진 촬영 계획(여담이지만, 서맨사는 어찌나 독립적이고 과감한지!) 이후 캐리는 패션쇼 이야기를 끄집어낸다.

: **캐리:** 난 네가 부럽다. 그렇게 당당하다니. 난 자선 패션쇼 출연도 망설이는데.

: **서맨사:** 뉴욕 스타일? 그런 요청을 받다니 좋겠다. 최고의 디자이너들이 하는 거야.

: **미란다:** 너더러 모델을 하라는 거야?

: **캐리:** 아냐. 일반인과 모델이 같이하는 쇼야. 패션쇼 프로듀서가 내 친구야.

: **샬럿:** 해! 넌 패션에 목숨 걸잖아.

: **캐리:** 난 목숨 걸지 않아.

: **샬럿:** 패션쇼 시즌에 날 몇 번이나 끌고 갔더라?

: **캐리:** 여덟 번. 그래서?

: **샬럿:** 그러니까 한번 해봐.

: **캐리:** 난 무대 타입이 아니야. 무대는 모델들이 걷는 곳이야.

: **샬럿:** 살랑거리며 피프스 애비뉴를 걷는 것과 무대를 걷는 게 뭐가 다르겠어?

: **캐리:** 내가 살랑거린다고?

: **샬럿:** 재미있을 거야. 뉴헤이븐에 랠프 로런 매장이 생겼을 때 난 10대 모델 했었어.

어쩌면
장밋빛일지도
몰라

: **미란다:** 멋지다. 근데 나 밥 좀 삼키자.

: **캐리:** 사람들이 날 평가하는 무대를 걷는다는 게 상상이 안 가.

: **샬럿:** 아무도 널 평가하지 않아.

: **캐리:** 우리는 맨날 모델들을 평가했잖아.

: **미란다:** 그 사람들은 모델이고, 너는 그냥 보통 사람이잖아.

: **캐리:** 그러니까! 나를 자기 생긴 것도 모르는 여자라고 생각할 거야.

: **서맨사:** 남 눈치볼 거 뭐 있어? 이건 아주 좋은 기회야. 옷도 공짜로 얻고!

볼수록 이들의 대화가 나와 내 친구들의 것과 참 유사하다. 햇볕이 환하게 내리쬐는 어느 봄날, 이름도 기억나지 않는 어느 카페에서 있었던 나와 친구들의 대화를 대충 재구성해본다. 한번 들어보시겠는가? 카페라는 형식에 칭찬이라는 내용을 녹여낸 우리의 우정을.

: **희:** 휴, 논문 때문에 힘드네.

: **나:** 잘될 거야. 넌 지적이잖아.

: **희:** 내가 무슨 지적이라고.

: **나:** 겸손하기까지 하지.

: **윤:** 근데 너 그 옷 어디서 샀어?

: **진:** 괜찮아?

: **희:** 어, 진짜 예뻐. 너랑 잘 어울린다.

: 윤: 넌 초록색이 잘 받나봐.

: 희: 고마워. 너 머리 자른 거 예쁘다.

: 진: 우리 케이크 하나 먹을까?

: 나: 나 요즘 다이어트 중인데.

: 진·희·윤: (단호하게, 합창) 네가 뺄 살이 어디 있어!

마침내 캐리가 패션쇼 무대에 서는 날. 설레는 마음으로 스탠퍼드와 함께 패션쇼 백스테이지로 들어서는 캐리다. 이날의 캐리는 '돌체 앤드 가바나'의 모델이다. 런웨이 위의 캐리를 보기 위해 관객석으로 들어와 앉는 미란다, 서맨사, 샬럿.

그런데 이게 웬 청천벽력 같은 소리인가! '디오르'가 캐리가 입기로 한 옷과 유사한 디자인의 옷을 내놓았다며 갑자기 캐리의 의상이 교체된 것이다. 보기에도 민망한 살색의 반짝이 팬티로!

반짝이 팬티를 입고 커다랗게 부풀린 사자 머리를 하게 된 캐리는 패닉 상태에 빠진다. 이 꼴을 하고 어떻게 무대에 설 수 있어?! 캐리는 음료수를 가져다주는 스탠퍼드에게 서맨사를 백스테이지로 불러달라고 한다. 그녀는 있는 그대로 진실을 말해줄 거라며. 서맨사는 캐리의 친구니까. 용감하고 진실한 '여자' 친구.

부리나케 백스테이지로 달려온 서맨사는 캐리를 보고 감탄한다.

: 캐리: 사실대로 말해줘. 다른 사람들은 빈말만 해.

：　서맨사: 허니, 너 진짜 모델이구나! (Honey, you are A model!)

：　캐리: 정말이야?

：　사만다: 그럼, 넌 정말 모델이야. (Absolutely! you are Model!)

그제야 기분이 풀린 캐리가 웃는다.

：　캐리: 나 키 크지? 이 구두는 내 아이디어야.

：　서맨사: (캐리를 꼭 껴안아준다.) 나 나가볼게. 잘해봐, 모델. (Go, model!)

친구는 자기를 비춰보는 거울이라 했던가. 서맨사의 말은 그 어떤 찬사보다 캐리의 가슴에 와 닿는다. 그것은 아마도 친구의 칭찬이기 때문일 것이다. 숱한 카페에서 숱한 수다를 떨어온 관록 있는 친구의 시선. 친구라면 내가 런웨이 위에서 망신당하도록 내버려두지는 않을 거라는 믿음. 게다가 여자 친구의 코멘트는 항상 칭찬을 내포하고 있게 마련이니까. 그래서 결국에는 위로가 되는 말들이니까. 예를 들면 이런 식으로.

"애, 그 옷은 너랑 어울리지 않아. **넌 가슴이 예쁜데**, 이렇게 헐렁한 옷을 입으면 어떡해!"

"야, 울지 마. 네가 뭐가 아쉬워서 울어. **너처럼 괜찮은 여자**를 못 알아보는 그놈이 바보지!"

지독했던 연애 하나가 정리되던 순간 나를 구원했던 친구의 말도 비슷했다. 내 가슴은 산산이 부서졌고, 나는 끔찍한 자기혐오와 그를 향한 증오 사이에서 널을 뛰면서 만신창이가 되어 있었다. 목구멍으로 밥이 잘 안 넘어가고 숨도 잘 안 쉬어지고 시도 때도 없이 눈물이 흘러내리던 그 고통의 순간에 나는 어둠 속에서 한줄기 빛을 바라는 심정으로 그녀에게 전화를 걸었다. 그때 나의 현명한 친구는 한없이 여성스러운 말투로 이렇게 말해주었다.

"그래, **너처럼 멋진 애**를 그렇게 가슴 아프게 만든 그 남자도 참 힘들었겠다."

실로 여자 친구만이 선사해줄 수 있는 광명이 아닌가. 자기혐오와 상대에 대한 증오를 동시에 포용하면서, 나의 무너진 자아를 도닥여주었던 한줄기 빛.

그래서 나는 실연의 늪에서 기어나와 우리들의 신성한 회복의 장소 '카페'로 나갔다. 그곳에는 사랑스러운 나의 여자 친구들이 있었고, 상처를 어루만져주는 수다가 있었고, 그 수다 속에는, 지독한 실연의 경험에도 불구하고, 나는 여전히 멋지고 나의 미래는 여전히 찬란하며 무엇보다도 나는 여전히 살아 숨 쉬고 있음을 자각하게 해주는 '칭찬'이 넘치도록 포함되어 있었다.

드디어 런웨이를 걷기 시작하는 캐리.

모델처럼, 당당하게 걷는가 싶었는데…… 무대 한가운데서 철퍼덕! 넘어져버린다. 쇼 장에는 당혹스런 정적만이 가득하고, 마치 개구리처럼 무대에 넘어져 있던 캐리는 자신에게 오직 두 가지 선택만이 가능하다는 것을 깨닫는다. 도망가거나, 이 상황을 직면하거나. 그리고 그녀는 이 상황과 정면승부 하기로 결심한다. 다시 일어나 걷기로 한 것이다. 다시 일어나 당당하게 런웨이를 걷는 캐리의 모습을 보고 모두 감동을 받는다. 관객석의 친구들, 미란다, 서맨사, 샬럿, 스탠퍼드는 일어나 열렬히 박수를 보낸다.

그리고 캐리의 행동은 다른 친구들에게도 영향을 준다. 미란다도 진실과 대면하기로 했다. 데이트 후에 갑자기 자신을 멀리하던 남자에게 이유를 물어본 것이다. 서맨사는 다이어트를 관두고 보통 음식을 먹기 시작한다. 있는 그대로의 자기 자신을 받아들인 것이다. 샬럿도 그동안 외면해왔던 자기 자신과 마주하기로 한다, 거울로 자신의 버자이너를 비춰보는 행위를 통해서.

우정은 결국 이런 것이 아닐까. 친구에게 용기를 주고, 또한 친구로부터 용기를 얻는 것. 그리하여 조금씩 조금씩, 진정한 자기 자신을 찾아가는 것. 그 과정에서 없어서는 안 되는 것.

비굴하지 않게 행복해지기

「여인의 향기」, 2011, SBS
극본: 노지설, 연출: 박형기

그녀는 비굴하게 생존한다.

회사 체육대회, 그늘에 앉아 동료와 이야기 중인 연재(김선아 분)에게 부장이 다가온다.

부장: 부장은 족구 뛰느라 육수로 칠갑을 하는데 우리 노처녀 두 분은 아주 놀고들 있으세요~

부장님은 정말이지, 참 잘도 빈정거리신다. 빈정거리는 말투로 남

어쩌면
장밋빛일지도
몰라

의 속 긁어놓기 대회 같은 게 있다면 단연, 압도적으로, 1등 하실 분이다. 이분의 말투가 재수 없을수록, 그걸 참아내는 연재가 대단하게 느껴진다. 역시 우리 연재는, 잘 참아냈다. 대단하다. 연재는 아이스박스에서 물병을 꺼내 부장님에게 내민다.

:   **연재**: 저…… 시원한 물이라도……
:   **부장**: (연재의 손을 쳐내며) 됐어!

다음에 이어지는 연재의 행동, 아마 그녀가 죽으면 몸에서 사리가 나올 테지. 그녀는 쪼그려 앉아 부장의 신발 끈을 묶어준다.

:   **연재**: 신발 끈 풀리셨네요. 이러고 다니시면 넘어지세요, 부장님.

참 살갑게도 말하는 연재, 드라마 「여인의 향기」다.
저렇게 비굴하게 살아야 하나? 우리네 삶이 본래 저토록 지질한 것인가? 아니다. 말도 안 된다. 우리의 삶은 저보다는 고상하며, 우리는 용기 있게 하루하루의 삶을 개척……
그렇게 소리 높여 말하기에는 왠지 연재의 모습이 나를 닮은 것 같다. 보아버린 것이다, 연재 안에 있는 우리, 아니 바로 나의 모습을. 마치 드라마 대사처럼, '내 안에 너 있다'. (갑자기 울컥 서러운 기분이……)

그렇다. 나도 그렇게 산다, 연재처럼. 저렇게 비굴하고 지질하게. 나도 한 달에 한 번 통장에 입금되는 월급이 생명줄처럼 여겨지고, 가슴 한편에 '나 잘리면 어떡하지?' 하는 두려움이 있다(나를 아는 많은 이들은 아마 이 사실을 믿지 못하리라). 신발 끈까지 묶어주지는 못해도, 저 못된 상사가 나를 좀 잘 봐주었으면 하는 비루한 바람이 있고, 홀로 우아한 휴식을 취하고 싶지만 찍힐까봐, 혹은 튈까봐 황금 같은 휴일을 부서 체육대회에 헌납한다. 정말 운이 나쁘다면 여성 직원을 대표해 부서 대항 족구 경기 같은 것에 차출될 수도 있다. 만약 피치 못하게 족구를 해야 한다면, 우리 부서가 이길 수 있도록 최선을 다하겠지. 전 워낙에 스포츠를 싫어해서요, 같은 입바른 소리는 꿈도 꾸지 못하고.

안다. 나만 그런 거 아니라는 (슬프고도 위로가 되는) 사실. 대한 민국 대다수 직장인들은 그렇게 살 것이다. 때로 자존심을 헌신짝처럼 버리고(자존심이 뭐예요? 먹는 거예요?), 불의를 꾹 참으며(참는 자에게 복이 있겠죠), 맘에 없는 소리를 해댄다(부장님 오늘 넥타이 멋지신데요!).

그런데 오늘 연재를 보니, 새삼 묻고 싶어진다. "우리, 비굴해야만 생존할 수 있는 거예요?" 하고. 혹은, "비굴해야 출세하는 거라면 그런 출세, 꼭 해야 하는 거예요?" 하고.

기억을 돌이켜보니, 내가 겪었던 유사한 상황들이 눈앞에 아른거린다. 그런 기억들은 잘 잊히지도 않지. 지금도 생생한 그 자리의 분위기, 아련한 비굴함의 향내.

어떤 회의였다. 인간성도 능력도 별로인 상사 하나가 되지도 않는 농담을 했을 때, 그 자리에 있던 (나를 제외한) 모든 이들이 웃었다. 웃겨서 웃었을까? 물론 아니었을 것이다. 그가 던진 말은 정말이지, 농담이라 부르기도 무색한, 아무리 곱게 봐주려 해도 웃기기는커녕 천박함이 철철 흘러넘치는 말이었으니까. 그런데 다들 웃었다. 웃어야 했기 때문에 웃었을 것이다. 그 웃음이, '당신은 나의 상사'라는 일종의 인정에 다름 아니기에 웃었을 것이다.

나는 웃지 않았다. 내가 남들보다 용감해서? 내가 남들보다 자존심이 강해서? 원래 남들보다 웃음이 적어서? 물론 아니었다. 그냥 나는 웃기지 않는 농담에 대해, 그 농담을 던진 자가 회사 상사라고 해서 웃을 수 있는 사람이 아니었을 뿐이었다. 더 솔직히 말하자면, 웃고 싶었다. 뭐 돈 드는 일도 아니고, 그렇게 한 번 웃어주고 나서 내가 '다루기 편한 부하 직원'으로 인식되어 떡고물 좀 얻어먹을 수 있다면, 그렇게 해주고 싶었다. 그런데 웃음이 안 나왔다. 근육을 움직여보려 했지만, 볼과 입 주위의 근육 일부가 보기 싫게 씰룩거려졌을 뿐이다. 그래서 의도와는 달리(아니, 사실은 진짜 의도대로), 나는 한껏 경멸하는 표정을 지어버렸는지도 모르겠다. 그 회의 자리에서 내 옆에 앉아 있던 선배는 나의 표정이 못내 반항적으로 보여 불안했는지 회의가 끝나고 나서 조용히 나에게 충고를 했다.

"그냥 좀 웃어줘."

나는 대답하지 못했다. 안 웃은 게 아니라 못 웃은 거니까. 다만 속으로 조용히 자학했다. 난 출세하긴 글렀어, 하고.

그러니 나는 연재보다 못난 사람인 게지. 아마 연재라면, 가장 크게 웃었을 테니까, "아유, 부장님은 어쩜 말씀을 이렇게 재미지게 하세요~" 하며 콧소리라도 꺾었을지 모를 일이다. 나도 벌써 사회생활 10년인데 상사 앞에서 웃어주는 법 하나 터득하지 못하다니, 이건 분명 무능함일 터다.

하늘은 참 무심하시다. 그렇게 간 쓸개 다 빼주며 생존해나가고 있는 그녀 앞에 떡하니 떨어진 것이 담낭암 말기 진단, 살날이 6개월 남았다는 시한부 선고라니.

생각해보자. 내가 앞으로 살아갈 날이 고작 6개월이라면, 당연히 제일 중요한 건 '나'다. 남 눈치 보고 남 비위 맞추고 살 필요가 뭐가 있어, 어차피 죽으면 끝인데. 내게 남은 짧은 시간—비록 6개월이라도—을 내가 하고 싶은 거 하고, 내가 먹고 싶은 거 먹고, 입고 싶은 거 입고, 내 멋대로, 완벽하게 내 멋대로 살아야 하는 거 아닌가?

어쩌면
장밋빛일지도
몰라

비로소, 연재가 자기 자신에게 관심을 돌리게 된 순간이다. 이연재의 삶의 중심이 이연재가 된 순간, 연재는 부장의 얼굴에 사표를 집어던진다.

: **부장** : 이연재, 너 나 엿 먹이려고 작정을 한 거지? 사태 수습하라고 불러났더니 불난 집에 기름을 끼얹어? 너 나한테 무슨 일 생기면 너도 당장 짐 싸는 거야. 알아? 아후…… 내가 이걸 진즉에 잘라버렸어야 하는 건데. 울고불고 통사정하기에 불쌍해서 정규직 시켜줬더니 은혜를 원수로 갚아? 나이 먹었으면 시집이나 갈 것이지 떡, 하니 눌러붙어가지고…… 너 같은 것들 때문에 새파랗게 어리고 학벌 빵빵한 스물다섯 살짜리가 백수로 놀고 있는 거야.

: **연재** : 부장님……

: **부장** : 왜? 뭐?!

: **연재** : 저…… 십 년 동안 부장님 모시고 일해왔어요. 십 년 동안 부장님 커피를 타고 십 년 동안 부장님 책상을 닦았고요. 사모님 교통사고 나셔서 입원하셨을 때 죽 끓여서 문병도 갔고요. 부장님 승진 탈락했을 때 죽고 싶다고 우실 때 옆에서 같이 울었잖아요…… 그렇게 오랫동안 함께 한 저를요, 조금만 믿고 조금만 존중해주실 수는 없어요?

: **부장** : 애가 지금 뭐래는 거야? 뭘 멀뚱히 섰어…… 들어가서 회의실이나 치워.

연재 : ……

：　부장 : 내 말 안 들려? 들어가서 회의실이나 치우라고!

：　연재 : 부장님이…… 치우세요.

：　부장 : 뭐?

：　연재 : 부장님이 치우시라고요!

：　부장 : ……!? 이연재, 너 제정신이야? 너 그러다 확 잘리는 수가 있
　　어.

：　연재 : 그러실 수가 없을 걸요. 제가 방금 이 회사 관뒀거든요. 월차
　　한 번 쓰는 게 뭐 빌 일이야? 몸 아파서 병원 좀 가겠다는데…… 더
　　러워서 진짜…… (서랍 뒤지며) 와…… 어딨지? 여깄네? (서랍 안에
　　서 사표를 꺼내든다) 이게요…… 제가 5년 전에 써놓은 거거든요. 부
　　장님이 저한테 인격 모독, 성희롱, 이런 거 할 때마다, 제가 확 던져버
　　리고 싶은 충동에 시달렸는데, 목구멍이 포도청이라 꾹 참았어요.
　　근데 이제 안 참을라구요.

：　부장 : 그래서? 사표라도 던지시겠다?

：　연재 : 그래! 사직서 여깄다, 이 개자식아!

　　통쾌했다. 조금 더 통쾌했으면 안 되나, 아쉬움까지 들었다. 사표
를 부장의 면상에 던지는 것에 더해서 부장의 따귀를 때린다든지, 정
강이를 걷어찬다든지 하는 액션이 추가되어도 좋지 않았을까 하는.
　　그리고 마침내(이제야) 삶의 주인이 된 연재는 버킷리스트를 작성한

다. 살아 있는 동안 하고 싶은 일 또는 해야 하는 일들의 목록 말이다.

연재의 버킷리스트의 첫 번째는, 하루에 한 번씩 엄마를 웃게 하기다. 그리고 이어지는 항목들. 나를 괴롭혔던 놈들에게 복수하기. 탱고 배우기. 갖고 싶고 먹고 싶고 입고 싶은 것 참지 않기. 웨딩드레스 입어보기…… 열아홉 번째 항목은 이 모든 것을 사랑하는 사람과 함께하기, 그리고 마지막 스무 번째, 사랑하는 사람 품에서 눈 감기.

이쯤 되면 숙연해지게 마련이다. 그리고 진심으로 응원하고 싶어진다. 연재씨, 살아 있는 동안은 맘껏 행복하기를. 맘껏 사랑받기를. 스무 가지 항목 모두 달성하기를, 아니 그 이상을 달성하기를. 그동안 당신이 열심히, 비굴하게 살아낸 대가로.

연재씨 덕분에 나도 버킷리스트를 작성했다.

생각해보니, 내가 처한 상황이 '6개월 시한부'를 제외하고서는 연재씨와 별반 다를 바가 없었기 때문이다. 내가 앞으로 살아갈 날이 6개월이든 60년이든, 당연히 제일 중요한 건 '나'다. 남 눈치 보고 남 비위 맞추고 살 필요가 뭐가 있어, 6개월 후든 60년 후든, 어차피 죽으면 끝인데. 내게 남은 시간—그 시간이 얼마나 되든지—을 내가 하고 싶은 거 하고, 내가 먹고 싶은 거 먹고, 입고 싶은 거 입고, 내 멋대로, 기쁘고 행복하게 살아야 하는 거 아닌가? 그러니 나 역시 나 자신에게 관심을 돌리게 된 순간, 내 삶의 중심이 내가 된 순간을 기념

하여 버킷리스트를 작성한 것이다.

상사의 돼먹지 않은 농담에 억지로 웃지 않아도 된다는 것을 나 자신에게, 진심으로, 허락하며.

나의 버킷리스트에 탱고 배우기는 포함되지 않는다. 나는 본래 춤에는 별 관심도, 재능도 없는 인간이다. 그리고 무엇보다 나는 「여인의 향기」 주인공이 아니니까. 대신 나는 라디오를 진행하고 싶다. 왜냐고 묻지 마시라. 그냥, 오래전부터 하고 싶었던 일이다. (아, 내가 이렇게 아날로그적인 사람이었다니.)

나의 버킷리스트에는 복수를 위한 항목은 없다. 나는 아직 시한부 선고를 받지 않았으니까. 그저 나는 정원이 있는 집에서 텃밭을 키우며 살고 싶다. 주말에는 지인들을 불러 모아 바비큐를 굽고 텃밭의 채소를 뜯어 소박한 파티를 열 것이다. (아, 내가 이렇게 자연친화적인 사람이었다니.)

훌쩍 해외로 떠나 몇 개월에서 1년 정도씩 머무르면서 창조적인 활동에 영감을 받을 것이다. 생각하고, 글을 쓰고, 새로운 풍경을 보고, 새로운 사람들을 만날 것이다. 생각만 해도 가슴이 찌르르해지는 상상. (아, 내가 이렇게 창조적이고 도전적인 사람이었다니.)

버킷리스트를 쓰다 보니 하나 알게 된 사실이 있다. 의외로, 지금, 바로 지금 시작할 수 있는 일이 꽤 많다는 것이다. 막연히 '나중에……' 하며 미뤄뒀던 것들이 지금 당장 내가 필요로 하는 것들이라는 사실. 그러니 정말 연재씨에게 감사할 일이다. 시한부 선고를 받지 않고도 버킷리스트를 작성할 수 있게 해준, '바로 지금'의 삶에 눈을 돌릴 수 있게 해준 그녀 말이다.

지나치게 교훈적인 결론에 도달한 것이 아닌가 조금 걱정이 된다. 그래도, 모두들 한 번쯤 자신만의 버킷리스트를 작성해보시라는 가벼운 제안쯤은 드리고 싶다. 우리는 모두 언제 죽을지 모르는, 그리고 언젠가는 죽어야 할 인간이니까. 인간인 우리는 삶이라는 명목하에 '진짜 삶'을 종종 내팽개치니까. 그렇게 사소하게 여겨왔던 것들 속에 정말 소중한 것들이 숨어 있을 때가 참 많으니까. 우리는 늘 일상이 팍팍하다고 투덜대지만, 일상이 꼭 팍팍해야 한다는 법은 없으니까. 비굴하고 지질해야 생존한다는 것은 어쩌면 우리의 편견에 불과한 것이므로.

우리는 삶이 가볍고 행복할 수 있다는 사실을 자주 망각한다. 이제는 자기 자신에게 삶의 주인이라는 원래 자리를 되돌려주기를. 10분만 시간을 내어 종이에 나만의 버킷리스트를 써내려가는 것만으로도, 놀라운 행복감을 느낄 수 있다는, 이 놀라운 사실.

운명의 짝은 어딘가에 있다

「내 이름은 김삼순」, 2005, MBC
극본: 김도우, 연출: 김윤철

2005년 6월 1일, 드디어 그녀가 등장했다.
우리를 아주 많이 닮은 그녀, 김.삼.순. 우리
와 똑같이 평생 혼자일지 모른다는 두려움에
떨고, 이런 평범한 나를 어떤 남자도 사랑하지
않을지도 모른다는 예감에 몸부림치고, 그래서 나쁜 놈이든 무능한
놈이든 한 놈은 일단 내 옆에 붙여놔야 안심이 될 것 같은 처절함을
간직한 우리들의 분신, 김삼순.

그리하여 김삼순(김선아 분)은 첫 등장부터 남자를 좇는다. 자신

어쩌면
장밋빛일지도
몰라

을 두고 바람피운 남자친구 현우(이규한 분)를 미행하고, 룸서비스 직원으로 가장하여 그의 방으로 들어간다. 긴 머리를 산발한 그녀의 모습 위로 괴기스러운 음악이 흐른다. 그 음악은, 아마도 유통기한(이라는 게 있다면)을 넘기고도 반쪽을 찾지 못한 모든 여성들의 무의식에 흐르는 공포감의 표현이었을 것이다. 그 공포 덕분에, 삼순이는 현우의 휴대폰을 감시하고 위치 확인을 하고 미행까지 하는 적극성(?)을 보일 수 있지만, 막상 현우와 마주 앉자마자 겁에 질린 소심한 여자가 되고 만다.

> **삼순**: 현우씨 변한 지 오래됐어. 툭 하면 핸드폰 꺼놓고 전화 받지도 않고 문자도 씹고 바쁘단 핑계로 만나주지도 않고…… 지난달에 우리 이십삼 일 만에 만났어. 그것도 내가 회사 앞으로 찾아가서. 연락도 없이 불쑥 찾아왔다고 현우씨 얼마나 짜증 부렸는지 기억나? 옛날엔 그렇게 찾아가면 좋아해 놓구선…… 게다가 오늘은 크리스마스이브야. 이런 날도 나 혼자 내버려두는데 나 어떡해야 돼?

나는 안다. 삼순이가 했던 짓, 그러니까 상대방의 휴대폰을 뒤지고, 미행하고, 불쑥 그의 회사 앞으로 찾아가는 것 같은 일이, 겉보기에 멀쩡한 사람에게도 충분히 가능한 일이라는 것을. 어느 순간 혼자됨을 예감할 때 우리를 압도하는 그 두려움의 존재를. 외로움에 대한 공포를. 사랑이 변했음을 인정하는 냉정함에 앞서, 또 혼자가 될까봐, 기껏 찾아낸 이 남자가 또 나의 짝이 아님이 판명이 날까봐, 저 남자가 내 반쪽일까 그 남자가 내 반쪽일까 쉴 새 없이 눈과 머리를 굴려야 하는 그 지난한 나날이 또 시작될까봐, 그냥 겁이 나버리는 상황 말이다. 혼자됨에 대한 두려움이 순식간에 이성을 마비시키는 그런 순간 말이다.

나도 그런 싱글이었기 때문에.

겉보기엔 그럴싸한 커리어우먼이었지만, 속으로는 '이러다 남자 없이 평생 혼자 늙어 죽어야 하는 팔자가 아닐까' 하는 걱정에 휩싸인 김삼순과 내가 아주 똑같았기 때문이다. 그래서 현우에게 차인 삼순이 화장실에서 마스카라가 범벅이 되도록 눈물을 흘릴 때, 나도 마음으로 함께 통곡했던 것이다. 물론 그 화장실에서 그녀의 반쪽, 진헌(현빈 분)과 스친다는 드라마틱한 설정은 잠시 접어두고.

언제부턴가 주말에 집에 있으면 엄마가 눈치를 주기 시작했다. '남들 다 하는 데이트도 못하는' 한심한 딸이 바로 나였다. 엄마는 주말 대청소를 해야 한다는 핑계로 어디든 나가라며 짜증을 냈고, 나는 회사에서 일하는 것도 피곤한데 집에서까지 왜 이러느냐며 악을 썼다. 싱글이 죄인가? 남들 다 먹는 나이 나도 함께 먹는 것이 죄인가? 왜 나는 단지 반쪽을 만나지 못했다는 이유만으로, 다시 말해서 앞으로 멋진 남자를 만날 가능성이 무궁무진하다는 이유로 뭔가 부족한 사람 취급을 받아야 하는 것이냐라며 열변을 토하곤 했지만, 주변에서 가하는 공격은 가열차고 끈질겼다.

네가 눈이 너무 높아서 그래. 네가 까다로워서 그래. 남자 보는 눈을 낮춰. 나이 들수록 더 힘들어져. 특별한 놈 없어. 남자들 다 똑같아. 그놈이 그놈이야. 다 맞춰가며 사는 거야. (나이도 많고 성격도 드센) 네가 뭐 대단하다고. 어리고 착한 여자들(즉, 네 경쟁자들)이 차고 넘치게 많아. 너는 그렇다 치고 애는 어쩔 거야. 지금 결혼해도 넌 노산이야. 남자 앞에서 너무 잘난 척하지 마. 튀지 말고 남들처럼 하란 말야……

그 공격들은 형태는 다소 달랐지만, 대체로 일관적이어서 두 가지 내용으로 압축될 수 있었다.

1) 나이 많은 너는 경쟁력이 없다.
2) 남자들 다 똑같으니 적당히 타협해서 상대를 찾아라.

그리하여, 인정하고 싶진 않지만, 나 역시 스스로 뭔가 부족한 인간이라는 생각을 내면화하기 시작했다. 더 늙기 전에 적당히 타협해서 남들과 같은 삶을 살기 위해, 나는 몸을 낮추고 눈을 바닥에 붙였다. 지나간 남자들이 괜히 아쉬워졌고, 내가 뭔가 잘못 살았나 싶은 회의가 수시로 머리를 쳐들었다. '그놈이 그놈'이라지만, 적당한 남자도 쉽게 찾아지는 것은 아니었다. 그래서, 이 자리에서 처음으로 고백하건대, 마침내, 결혼정보회사의 문턱을 넘었다, 삼순이가 그랬던 것처럼. 물론 주위에는 비밀로 하고.

나이가 서른넷을 찍던 해, 그곳에서 들은 말이 기억난다. 커플 매니저는 오십 줄에 접어든 고상하고 인상 좋은 아줌마였다.

"여자가 서른넷이 되면 이쪽(결혼) 시장에서는 (값이) 하향세를 그리기 시작합니다. 서른셋까지는 괜찮은데……"

여자가 무슨 시장에 내놓은 물건이냐고, 시간이 차면 상하는 식품이냐고 따지고 싶은 마음이 울컥 치밀어 올랐지만 꾹 참았다. 행여내 파일에 '성격이 드세고 피해망상이 가득함'이라는 코멘트가 적힐까봐…… 커플 매니저 아줌마는 따뜻하게 웃으며 대화를 마무리했다.

"열심히 해봅시다!"

그래서 나는 정말 열심히 했다. 공부하듯 각종 연애 지침서들을 섭렵하며 남자에게 호감 사는 법을 배우려 했고, 기회가 주어지는 대로 청담동의 카페에 나가 앉아 최선을 다해 미소를 지었다. 평소 내 가치관과 성격을 아는 지인들이 위선자라고 나를 비난한다 해도 할 말이 없을, 철저하게 이중적인 생활이었다. 겉에서 보기에 나는 독립적이고 자신만만하고 사랑보다 일을 우선시하는 멋진 커리어우먼이었지만, 속으로 나는 더 이상 남자를 꼬실 만한 매력이 없을까봐 전전긍긍하는 불쌍한 노처녀에 불과했다.

이중생활 시절 만났던 남자들은 각기 다른 외모와 배경을 가지고 있으면서도 또한 매우 비슷했다. 그들 모두 매우 '현실적으로' 결혼에 접근하고 있다는 점에서였다. 그들 모두는 나의 안정적인 직장에 호감을 표현했다. 정년과 안정된 연봉이 보장된 나의 직장은 나의 성격이나 지성보다도 먼저 그들에게 어필했다. 그 후 그들은 어김없이 유사한 질문을 던졌다. 결혼 후에도 일을 계속할 것인지(그들은 그러길 바랐다), 아이는 낳을 것인지(그들은 그러길 바랐다), 가장 중요하게는 일과 출산과 육아를 '아무 불평 없이' '아무 무리 없이' 병행할 수 있겠는지(그들은 그것이 가능하다 생각했다). 그리고 마지막으로 그 자신을 충분히 내조할 의향이 있는지(외조할 의향은 없어 보였다). 정말 아니다 싶은 남자부터 이만하면 괜찮지 않나 싶은 남자까지, 이 과정이 어찌나 똑같은지 몸서리가 쳐질 지경이었다.

그러나 그들을 속물적이라 비난할 자격이 나에게 있었는지도 의문이다. 나 역시 쉴 새 없이 머릿속으로 계산기를 두드렸으니까. 그의 직업이 무엇인지, 연봉이 얼마인지, 장만해놓은 아파트가 있는지, 그 아파트는 어디에 있는 몇 평짜리인지, 그의 차가 무엇인지…… 한번은 상대가 너무 촌스럽고 지루해서 딱 한 시간만 때우고 자리에서 일어났는데, 집까지 바래다주겠다고 나서는 그 남자의 차가 고급 외제차인 것을 보고 잠시 망설였던 적도 있었으니까.

그러나 내가 그런 과정을 통해 남자를 만나 결혼할 수 있는 여자가 아니라는 점을 깨닫기까지는 오래 걸리지 않았다. 아무런 느낌이 없는 남자와 마주 앉아 차를 마시고 밥을 먹고 눈을 맞추고 웃어주는 일은 생각보다 힘든 노동이었다. 집에 돌아오면 극심한 피로감이 몰려왔다. 그 시간들은 내가 나 자신에 대해 알아가는 과정이기도 했다. 나는 희생하는 타입의 여자가 아니었다. 나는 욕망이 많다 못해 넘쳐나는 여자였다. 나는 사회적 성공을 꿈꾸는 커리어우먼이었다. 일과 성공을 포기할 수 없는 여자였다.

그러므로 나는 그들이 바라는 여자가 아니었다. 적당히 일은 하되 가사와 출산과 육아에 지장을 주지 않을 정도로만 일하는 여자, 남자의 사회적 지위에 비추어 부끄러운 수준은 아니되 남자보다 성공해서는 안 되는 여자가 될 수 없는 사람이었다.

그래서 나는 깨달았다. 내가 만나야 할 남자는, 나의 성공을 지원해줄 수 있는 남자, 내가 빛나는 것을 흔쾌하게 기뻐해줄 수 있는 남자임을. 동시에 엄청난 회의가 밀려들었다. 그런 남자가 과연 이 지구상에 존재할까? 지금까지 만난 남자들을 머릿속에서 줄을 세워보았다. 그런 남자가 있었던가? 아무리 생각해도 그런 종족은 이 지구별에서 씨가 마른 것 같았다.

그래서 나는 결혼을 잠정적으로 포기했다.

굳게 결심을 한 것이다―평생 혼자 사는 한이 있어도, 진짜 이 사람이다 싶은 남자가 아니면 결혼하지 않겠다고.

이 앞부분이 중요하다.

'평생 혼자 사는 한이 있어도.'

이런 결심을 하기까지 얼마나 많은 시행착오를 겪었던가. 대충 적당한 사람 만나 대충 타협해서 결혼해버리는 것이 일종의 자기학대라는 것을 깨닫게 되기까지.

그 결심 후에 내가 무슨 일을 했느냐면······

집을 샀다.

전세를 끼고 대출을 끼고 퇴직금 중간 정산을 받아 경기도에 있는 아주 작은 아파트를 한 채 장만한 것이다. 그것은 '평생 혼자 사는 한이 있어도'를 대비한, 나를 위한 작은 보험 같은 것이었다. 어디 있을지도 모를 '나와 결혼할 남자'가 장만해올 집이 아닌, 내 집. 언제 할지도 모르는 결혼을 위해 미룰 필요가 없는, 내 집.

정말 혼자 늙어가게 된다 해도, 늙어서 몸 누일 수 있는 집 한 칸이 있다고 생각하니 묘하게 마음이 편해졌다. 집은, 남자를 찾기 위해 나를 낮추지 않겠다는, 결혼은 진정한 내 운명과 하겠다는 내 의지의 표상이었다. '없으면 말고'의 정신으로.

그리고 그가 나타났다. 이미 지구별에 씨가 말라붙었다고 생각했던 바로 그 종족의 일원인 그가. '자신의 여자가 잘되는 것을 진심으로 손뼉 쳐줄 수 있는 남자'가.

그 역시 나와 비슷한 과정을 거쳤다고 했다. 나이가 들고, 적당히 타협해 결혼하라는 주위의 압박에 시달린 후, 맞선 자리에 나가고 실망하는 과정이 반복되고, 마침내 '평생 혼자 사는 한이 있어도 진짜이 사람이다 싶은 여자가 아니면 결혼하지 않겠다'고 결심하고, 여웃

돈의 일부를 '노인 요양 시설'에 투자하는 것으로 그 결심을 마무리했다. 내가 집을 샀던 것처럼. 그 역시 자기가 생각하는 여자는 이 지구별에 씨가 말랐구나 생각했고, 정말 혼자 늙어가야 한다면 자신이 투자한 노인 요양 시설로 들어가 살면 되겠지 생각하며 묘하게 마음이 편했다고 했다.

그래서 우리는 의기투합했다. 그리고 꽤 오랜 시간 동안 서로의 곁에 머물렀다. '내 집'과 '노인 요양 시설'로 표현되었던, 단지 혼자를 벗어나기 위해 눈을 낮추지 않겠다는 결심은 유효했다. 그와 함께했던 시간은 편안했고, 그 시간 덕분에 나는 안달복달하지 않아도 '그(the one)'는 나타난다는 사실을 믿게 되었다. 자책하고 유효기간을 정하지 않아도 만날 사람들은 언젠가는 반드시 만나게 된다는 것을 알기에는 충분한 시간이었다.

당신이 삼순이라면, 어딘가에 당신의 '현빈'이 있지 않겠는가? 삼순이는 결국 '현빈'과 이어지게 되어 있으니까 말이다.

어쩌면
장밋빛일지도
몰라

네가 남자건 외계인이건

「커피프린스 1호점」, 2007, MBC
극본: 이선미 · 장현주, 연출: 이윤정

완전한 고백이 존재할 수 있을까.

그러니까, 「커피프린스 1호점」의 표현을 빌리자면, '가군'이 '나양'에게 끌리는 자신의 마음을 고백했을 때, '나양'이 받아들인 '가군'의 마음은 '가군'이 '나양'에게 전하고자 했던 '가군'의 마음과 동일한 것일 수 있는가.

소피아 코폴라 감독의 「로스트 인 트랜슬레이션(Lost in Translation)」이라는 영화가 있다. 국내에서는 '사랑도 통역이 되나요?'라는 제목으로 소개되었다. 처음에는 원제와 좀 동떨어진 번역 아닌가 싶었는데, 영화를 막상 보고 나니 의외로 절묘하게 맞아떨어지는 느낌이 있었다. 나만의 감상이었는지는 모르겠지만, 나의 마음이 온전하게 번역되어 너의 마음에 가 닿는다는 것이 가능한가, 그런 생각을 했다. 내 마음을 누군가에게 전하고 싶을 때 발생하는 사소한 오해, 변형, 미끄러짐 같은 것이 몹시 안타까웠던 시절, 그때 나는 스물아홉 살이었다.

어쩌면 단순한 문제인지도 모른다. 네가 좋으면 좋다고 말하고, 싫으면 싫다고 말하고, 멈추고 싶으면 여기까지라고 말하고, 보고 싶으면 보고 싶다고, 연애하고 싶으면 사귀자고, 너의 애인이 되고 싶다고, 마음 그대로 말하면 되는 것 아니냐고.

그런데 현실은 늘 쉽지 않았다. 마음 그대로 말이 나오지도 않았고, 그의 말과 그의 마음이 동일한 건지도 잘 모르겠고, 내가 그의 표정이나 눈빛을 제대로 읽고 있는 건지 의심스러웠고, 그가 내 말의 진의를 옳게 이해한 건지 불안했다.

누군가와 '감정'이 생겨버리고 나면 커뮤니케이션은 더 어려워지는 법이다. 결국 커뮤니케이션이란 '해석'의 문제니까, 감정이 해석에 개입하기 시작하니까. 긍정적으로 그의 마음을 해석하고 싶은 감정과, 거절당할까 두려워 차라리 미리 안전하게 마음을 접어버리고 싶은 감정 사이에서, 해석은 길을 잃었다. 그와 나 사이의 커뮤니케이션에서는 항상 번역되면서(in translation) 사라지는(lost) 것들이 존재했다.

「커피프린스 1호점」에서 은찬(윤은혜 분)을 남자라고 오해하고 있는 한결(공유 분)은 자꾸만 은찬에게 끌리는 마음 때문에 몹시 괴로워한다. 그래서, 역시나, 엇갈린다. 누군가가 좋아지면 말은 마음과 다르게 튀어나오는 것일까, 말은 마음에 다르게 받아들여지는 것일까. 네가 좋으니까 사귀자, 는 말을 하기 위해서는 수많은 오해를 넘어야 한다.

:　한결 : 비켜!

:　은찬 : 왜 접근 금지에요?

:　한결 : (이 악물고) 비키라고 했다.

:　은찬 : 깔아뭉개고 가봐요, 그럼!

:　한결 : 마음은 굴뚝 같아, 자식아! 맘 같아선 니 놈 벌써 수십 번 깔아뭉개고도 남았어, 알아!

:　은찬 : 왜 사람 가지고 놀아요! 언젠 좋다면서요! 의형제 하자면서요!

:　한결 : 그 귀고리 빼. 넌, 내가 진짜 네 형이었으면 좋겠냐? 그게 좋냐, 넌?

:　은찬 : 나도 싫어요! 나는 마냥 좋기만 한 줄 알아요? 어떡해요 그럼…… 우린 이렇게밖에 안 되는 건데!

:　한결 : ……

:　은찬: 내가 여자면 싫다면서요……. 남자라서 좋다면서요. 그니까 이렇게라도 봐요. 바다 가서 재밌었잖아요…… 난 너무 좋아서 그때 장면이 계속계속 머릿속에서 안 떠나고, 생각나고 또 생각나고 그냥 이대로도 다 좋고 너무 좋은데……

:　한결: 그만해!

:　은찬: ……

:　한결: 전에 네가 나한테 정리 좀 하게 내버려두라고 했었지? 그 말 내가 좀 빌려 쓰자. 나 좀 내버려둬.

:　은찬: (눈물이 차오른다)

:　한결: 비켜.

:　은찬: 나, 정리하게요? 정리…… 안 하면 안 돼요? (눈물이 흐른다)

:　한결: 정리 안 함…… 너랑 살아? 그게 말이 돼?!

:　은찬: ……

:　한결: 길어야 한 달이야. 나도 버틸 테니까…… (숨 고르고) 너도 버텨.

:　은찬: 가면 그뿐이죠, 거긴. 남은 나는 아무 상관없이…… 좋아요. 우리 남은 한 달 만이라도 좀 좋게 지내요.

:　한결: 입 닫아! 한마디만 더하면 맞는다!

　　그날 나는 마침내 그와 단둘이 있을 수 있었다. 여럿이 함께 술을 마시다가, 그가 나를 집에 데려다준다는 핑계로 함께 택시를 탄 것이다. 아마 그도 나와 같은 심정이 아니었을까. 그랬으니, 내가 자리에서 일어났을 때 부리나케 따라 일어섰던 것이리라. 자신의 마음을 고백하고 상대의 마음을 확인하고자 하는 동일한 욕망에 따라.

우리 동네까지는 택시로 15분이면 충분했다. 당연하게 나는 선뜻 집으로 들어가지 못했다. 당연하게 그도 선뜻 돌아서지 못했다. 우리는 아파트 앞 화단에 오랫동안 나란히 앉아 있었다. 지나가는 행인도 없는, 아주 늦은 겨울밤이었다.

'본론'을 꺼내지 못하고, 우리는 오랫동안 망설였다. 속절없이 시간은 흐르고, 몸은 꽁꽁 얼어가고, 더 이상 집에 들어가기를 미룰 핑계조차 찾기 힘들어졌을 때, 마침내 대화는 시작되었다. 서두는 내가 떼었다.

"저기…… 나는…… 너도 알겠지만…… 네가 좋은 것 같아."

(좋으면 좋았지 좋은 것 같아, 는 또 뭐람. 도망갈 자리를 미리 보는 이 소심함이여.)

"나도…… 네가…… 좋은데……"

"……그런데?"

"사실은…… 내가…… 지난달 초에 사귀던 여자랑 헤어졌어……"

(이 대목에서 나는 극심한 혼란에 빠졌다. "나 지금 사귀는 여자가 있어"도 아니고, 지난달에 사귀던 여자랑 헤어졌다는 이야기를 지금 나한테 왜 하는 거지? 완곡한 거절인가?)

"어? 어…… 으음……"

"그래서…… 내가 좀 힘든 상황이야…… 네가 좋은 건 확실하고……"

(힘든 상황이니 알아서 빠져달라는 건가? 이쯤해서 나는 그가 평소 사려 깊고 따뜻한 그의 성품답게 말을 돌려서 나를 거절하고 있음을 깨달았다. 그럼, 내가 앞에서 해버린 고백은 어떡하지? 주워 담을 수도 없고……)

"으응…… 그렇구나…… 그래, 나는 어쨌든 네가 좋아. 네가 남자로 좋은지 그냥 ○○라는 사람으로 좋은지는 잘 모르겠지만, 난 정말 네가 참 좋아."

(쿨하고자 노력하면서 애써 미소를 짓는다. 거절당한 와중에도 "네가 좋다"는 말을 두 번이나 해 버리다니!)

그리고 나는 그를 내 마음에서 정리했다. 나는 그가 좋다고 말했는데, 그는 자신이 과거 여자와 헤어져서 힘들다고 하지 않았는가. 사실 그때 나는 그가 너무 좋아서 죽을 지경이었는데. 그래도 한 번 나를 거절한 남자에게 또 달려들 만큼 용감하지는 못했다.

얼마 지나지 않아 몇몇 지인들과 모여 맥주를 마시는 자리가 있었다. 3,000시시 피처가 하나씩 비워지기 시작하자 각자의 연애 근황을 묻는 질문들이 나오기 시작했다. 나는 "좋아했던 남자가 있었는데 고백했더니 지난달에 애인이랑 헤어져서 힘들대. 그래서 접었어"라고 대답했다. 그게 도대체 무슨 말이냐며, 좀 더 자세히 말해보라는 요청이 이어졌다.

그러고 나서 바로 술자리는 난상 토론장으로 변모했다. 그 장면에 대한 갖가지 해석들이 분분했다. 여자들은 그날 거절당한 사람은 나라는 데 대체로 의견이 일치했다. 남자들은 전혀 반대의 해석을 내놓았다. 그날 거절당한 사람은 내가 아니라, 그라는 것이다. 그들은 남자가 '예전 애인과 헤어졌고 힘들지만'이라고 말한 것은 곧 사귀자는 뜻과 같다고 의견을 모았다. 사귀기 전에 내 상황이 이러이러하고 힘들다는 것을 미리 알려주는 일종의 배려라는 것이다. '힘든 나를 받아줘'라는 뜻도 담겨 있다고 했다. 그렇게 힘겹게 그가 고백을 했는데, 내가 방정맞게 '네가 남자로 좋은지 사람으로 좋은지는 잘 모르겠지만'이라고 말함으로써 찬물을 끼얹었다는 것이다. 내가 한 말은 남자들에게는 '(네가 좋은 사람일지는 모르겠지만) 넌 남자로서는 별 매력 없어'라는 뜻이라고.

휴. 뭐가 이렇게 어려워.

10화에서 마침내 한결은 고백을 감행한다. 이 장면은 그간 내가 드라마에서 보아온 중 가장 아름다운 고백이었음을 고백한다. 그래, 마음이 결연해지면, 좋아하는 감정이 단단해지면, 고백도 더 분명해지는구나. 에두르지 않고, 머뭇거리지 않고, 상대방이 잘못 이해할 가능성이 가장 적은 단순하고 직접적인 언어로. 아니라면 어쩌지, 도망갈 자리 봐두고 마음 접을 준비하지 않고, 거절당하면 그냥 상처받겠다는 자세로, 그 상처가 아무리 커도 그 사람을 좋아해버린 내 몫이니 감당하겠다는 마음가짐으로.

마침내 결심을 굳힌 한결은 은찬을 찾아와 키스한다.

: **한결**: 한 번만. 딱 한 번만 말할 거니까 잘 들어.

: **은찬**: ……

: **한결**: 너 좋아해. (은찬의 눈에 눈물이 차오른다) 네가 남자건, 외계인
이건, 이제 상관 안 해. 정리하는 거 힘들어 못해먹겠으니까. 가보자.
갈 때까지…… 한번…… 가보자.

한결의 용기 있는 고백에도 불구하고, 두 사람 사이에는 커다란
오해가 여전히 남아 있다. 한결은 여전히 은찬이 남자라고 믿고 있으
니까. 그 오해에도 불구하고 한결이 용기를 냈기 때문에, 이 아름다
운 장면이 더 오래 기억에 남는 건지도 모르겠다. 한결은 은찬이 여자
라는 것을 알게 되고, 배신감과 섭섭함에 몹시 화를 내고, 그래도 여
전히 은찬은 은찬이기에 다시 은찬의 손을 잡는다. 「커피프린스 1호
점」의 결말은 해피엔드였다. 그리고 나는 드라마가 끝난 이후에도 한
결과 은찬이 행복할 것임을 믿는다. 오해의 가능성과 두려움을 넘어,
마침내 용감하게 시작된 사이이기에.

요즘도 가끔 주변을 통해 그의 소식을 듣는다. 아무것도 시작하

지 못했던 사이이기에 아무것도 아닌 사이가 되어버린 그는, 자기 분야에서 인정받으면서 가끔 연애도 하면서 잘 살고 있는 모양이다.

그리고 나는 온통 물음표투성이인 그날의 고백 아닌 고백을 떠올린다. 이제 와 생각해보면, 내 진심을 전달하기보다는 그의 진심이 무엇일지를 파악하는 데 더 집중해서 결국에는 내 마음조차 제대로 전달하지 못했던 고백이 아니었나 싶다.

종종 궁금해진다. 오해로 점철된 그날 우리의 진짜 마음은 무엇이었을까, 하고. 술자리에서의 난상토론처럼, 그날 밤에 거절당한 사람은 나였을까, 그였을까, 하고. 괜히 말 돌리지 않고, 내 체면 세워줄 말 고르지 않고, 그냥 '사귀고 싶다'고 말했으면, 우리는 연애할 수 있었을까, 하고. 그도 가끔 나처럼 불발로 끝나버린 우리의 고백을 기억할까, 하고. 그날에 대한 그의 해석은 어떤 것이었을까, 하고. 물론 모두 부질없는 생각일 뿐이지만.

고백은 용감해야 한다. 누구의 말을 빌리자면 '모든 이해는 오해'니까. 완벽한 커뮤니케이션은 불가능할 테다. 그것도 불완전한 언어를 통한다면 더욱.

결국 용기를 가진 자만이 사랑을 얻을 자격을 획득하는 것이겠지. 오해의 가능성에도 불구하고, 최선을 다해 마음을 전달하고자 하는 사람들만이.

결국, 우리는 용감하지 못했던 거다. 혹은, 충분하게 용감하기 위한 사랑이 모자랐던 거다. 아니면 할 수 없지, 하고 돌아설 수 있을 정도였던 거다. 진짜로 절박하면, 가슴속 사랑이 너무 커져서 도저히 다른 대안을 선택할 수가 없으면 '네가 남자건 외계인이건 상관 않고' 고백할 수밖에 없는 건데. 그런 고백은 오해 위에서 이뤄진 것이더라도, 완전할 것이다. 오해보다 더 큰 사랑으로 이뤄진 것이니까.

살다 보면 한 번쯤 우연처럼 그를 만나 카페에서 커피라도 마시면서 그날의 '진의'를 물어볼 수 있는 시간이 올까? 역시 부질없는 생각이겠지.

좀 더 나은 사랑을 위해

「연애시대」, 2006, SBS
원작: 노자와 히사시, 극본: 박연선, 연출: 한지승

이상했다. 분명 재미있게 본 드라마였는데, 엔딩이 기억나지 않았다. 이혼한 후에도 끈을 놓지 못하고 서로의 주변을 맴돌던 은호(손예진 분)와 동진(감우성 분)의 이야기 「연애시대」 말이다. 심금을 울리던 대사들, 은호와 동진이 매번 '진짜 감정'을 감춰놓고 서로 뒷모습만 보던 하나하나의 장면들은 생생한데, '어? 가만…… 쟤네들이 그래서 어떻게 됐더라?' 하면 잘 생각나지 않는 것이다.

동진이 다른 여자와 재혼한 후 은호의 동생 지호(이하나 분)의 계략(?)으로 춘천까지 동행하면서 동진과 은호가 진심을 확인했던 다음의 장면도 결국 은호가 뒤돌아 가면서 멀어지는 모습에서 '애매하게' 끝나버렸으니.

: 동진: 지금이 못 견디겠는 건 아니야. 이대로도 살 수 있어…… 잠을 못 자는 건 약을 먹으면 될 테고, 가끔 한숨이 나오는 건…… 그건 뭐 병도 아니니까…… 익숙해지겠지. 마흔 살 지나고 쉰 살도 지나고…… 가끔은 이렇게 사는 것도 나쁘지 않구나 생각할 수도 있어. 근데…… 정말 괜찮을까?

: 은호:……

: 동진: 은호야!

: 은호: 말하면 안 돼.

: 동진: 안 된다는 거 정도는 나도 알아. 내가 잘못한다는 것도 알아. 그렇지만 정말 이대로 괜찮을까?

: 은호: 말하지 마.

: 동진: 그래. 내가 바보라서 여기까지 와서야 너 없이는 안 돼……

: 은호: 하지 마. 제발……

: 동진: 은호야!!

: 은호: 다시 시작한다고 하자. 우리 잘될까?

: 동진:……

: 은호: 동이 문제에서 자유로울 수 있다고 확신해?

동진: ……

은호: 우리 끝까지 행복할 수 있을 거 같아?

동진: ……

은호: 그 정도 확신도 없으면서 한 사람을 불행하게 만들면 안 되잖아.

동진: 사는 데 확실한 게 어딨니?

은호: 우리가 이러면 안 된다는 건 확실해. 우리 이러기엔 너무 늦었어. 선택하려면 훨씬 전에 했어야 돼.

동진: 지나고 난 다음이니까 그런 생각이 드는 거야. 나중에…… 한참 지난 다음에 지금을 돌아보면 그땐 어떤 생각이 들 거 같아? 그때도 그렇게 생각할까? 지금이 너무 늦었다고? …… 유경이한테는…… 사과할게. 평생을 두고라도 사과할게.

은호: 안 돼.

동진: 이미 이런 기분을 알아버렸는데…… 이런 마음으로 유경이한테 돌아가는 게, 그게 맞다고 생각해?

대개는 엇갈림 끝에 사랑을 확인한 연인들은 키스나 포옹으로 확실한 마무리를 해주건만, 이런 세련되기 짝이 없는 드라마 같으니라고! 이렇게 다시 찾아보니, 은호와 동진이 언제 재결합을 했던 거지? 하고 고개를 갸우뚱거릴 수도 있었겠다 싶다. 정말이지, 은호와 동진은 참으로 오랫동안 엇갈림을 '반복'하니까. 그러면서도 도돌이표처럼 서로에게 돌아가곤 했으니까. 위의 장면은 도돌이표처럼 늘 서로에게 돌아가는 은호와 동진의 관계를 보여주는 결정판이었달까.

그들에게 다른 연애의 기회가 없었던 것은 물론 아니다. 은호에게는 부유한 집안의 연하남 현중(이진욱 분)과 이혼을 목전에 둔 대학교수 윤수(서태화 분)가 찾아왔었고, 동진에게는 은호의 친구 미연(오윤아 분)과 동진의 첫사랑이었던 유경(문정희 분)이 다가왔다. 새로운 사람을 만나는 중에도 은호와 동진은 내내 서로를 돌아본다. 동진은 미연과 유경을 보는 내내 은호의 이미지를 지우지 못하고, 은호는 현중과 윤수에게서 동진과 비슷한 점과 다른 점을 본다. 좋든 나쁘든 두 사람은 서로의 '기준'으로 자리 잡은 것이다. 비록 그것이 아래의 대화처럼 가벼운 투닥거림으로 드러날지라도.

: 동진: 니 친구 뭐냐? 지가 뭔데 서점을 찾아와?
: 은호: 찾아갔구나. 뭐 어때? 매상 늘고 좋잖아.
: 동진: 뭐?
: 은호: 민현중 씨가 우리 클럽에 왔을 때 당신이 그랬어.
: 동진: 니 친군 책도 안 샀어.
: 은호: 한 번 두 번 가다 보면 사겠지.
: 동진: 또 온다구?
: 은호: 왜? 싫어? 당신이 딱 좋아하는 타입인데……
: 동진: 내가 그런 백치 아다다를 언제 좋아했냐?

: **은호**: 왜 이러셔? 내가 똑똑히 들었는데. '여자는 머리에 똥만 들었어도 몸매랑 얼굴만 착하면 된다'고 그랬잖아.

: **동진**: 그건…… 술 먹고 농담한 거지.

: **은호**: 어머, 농담이었어? 어쩌나 진담스럽던지.

: **동진**: 아무튼 니 친구한테 말해. 다시는 나 찾아오지 말라고.

: **은호**: 당신이 직접 말해라.

: **동진**: 내가 어떻게 말하냐?

새롭고도 다른 기회들 속에서도 은호는 동진에게, 동진은 은호에게, 자꾸만 돌아간다. 추억도, 마음도, 몸도.

돌아보면, 그런 연애가 있다. 자꾸만 돌아가게 되는 연애, 자꾸만 돌아보게 되는 연애, 그 연애가 어떤 '원형'을 형성해버려서 그 뒤에 나타나는 모든 연애를 자꾸 그 기준으로 재단하게 만드는 연애 말이다.

연애를 하기 시작하면 유난스럽게 반복되는 '장면'들이 있다. 누군가와 연애를 하던 중에 '어? 이런 비슷한 경험, 예전에 다른 사람과도 있었던 것 같은데?' 했던 기억들, 있지 않은가? 영화관에서 팝콘 통 안에서 서로의 손이 부딪혔다든지, 비오는 날 작은 우산 하나 아래서 어깨를 함께 붙이고 걸었다든지, 한강변에 차를 세워두고 말없이 음

악을 들었다든지…… 연애 속에서 수도 없이 변주되는 이런 기억들, 그 기억들이 환기시키는 특정한 정서.

유난스럽게 반복되는 '사람'도 있다. 'A처럼 김치찌개를 좋아하는 군'이나 'A에 비해 이 사람은 성격이 느긋하군', 혹은 '작년에 A는 내 생일을 이렇게 축하해주었는데' 같은. 자꾸만 떠올라서 비교하게 만드는 사람.

그래서 때로 착각할 수도 있다. A가 너무 확고한 연애의 기준이 되어버려서, 데이트나 기념일 같은 비슷한 경험이 있을 때 자동반사로 머릿속에서 튀어나오는 A의 기억 탓에, '나, 혹시 아직도 A를 좋아하고 있는 건가' 하고.

사랑을 시작할 때마다 첫사랑을 떠올리는 사람이 있다면, 그는 그 첫사랑의 기억이 연애의 원형일 테다. 사실 흔한 이야기이기도 하다. 술 취해서 하는 흔한 고백, '당신은 내 첫사랑과 닮았어요' 같은.

중학교 때, 홍콩 배우 장국영이 나왔던 초콜릿 CF가 있었다. 구체적인 내용은 잘 기억나지 않지만, 초콜릿을 열면 메모가 있었다. "영원히 기억하겠어요"라고 적힌. 바로 그 상표의 초콜릿이 책상 위에 놓여 있었고, 열어보니 안의 은박지 위에 그 아이의 글씨로 "영원히 기억하겠어요"라고 적힌 노란 포스트잇이 붙어 있었다. 그것이 이성에 대한 내 인생 최초의 설렘이었다고 기억하는데, 포스트잇의 주인공과는 이후로 별다른 일이 일어나지 않았고, 그래서 그것은 그냥 풋내 나는 추억으로 끝났다.

진짜 '연애의 원형'은 대학 시절 찾아왔다. 호리호리한 키에 가늘고 긴 손가락, 기타를 칠 줄 알았고 농구를 잘했고, 상황에 맞춰 꽤 웃기는 농담을 던질 줄 아는 예술적 감성이 충만한 남자였다. 우여곡절 끝에 그와 나는 캠퍼스 커플이 되었는데, 감수성이 예민했던 시기여서 그런지 서로 영향을 상당히 많이 주고받았다. 마음만 먹으면 하루 종일 데이트가 얼마든지 가능했던 '대학생' 신분이었으므로 그와는 참 많은 것을 함께 겪었던 것 같다. 데이트는 극장, 경마장, 학교 캠퍼스, 한강, 그의 집, 술집, 카페, 버스 안, 집 앞 놀이터 등 다양한 장소에서 이뤄졌고, 그 안에서 우리는 좋아하고 화내고 슬퍼하고 화해하고 감동하는 등 다양한 감정을 겪어냈다. 말하자면 그 연애는 나에게 있어 연애 교습의 총정리라 해도 과언이 아니었다. 아, 연애란 이런 것이군, 아, 애인이란 존재는 이런 것이군……이라는 개념을 확립한 연애였다고나 할까.

그래서 그와 헤어진 후, 시작되는 연애마다 나는 그를 떠올렸고 만나는 남자 모두를 그와 비교했다. 그래서 생각해버린 건지도 모른다. 아, 그는 내 연애의 원형이구나. 당시 미니홈피에 이런 글까지 썼던 걸 보면, 꽤 심각했던 모양이다. 매번 새로 시작한다고 최선을 다했는데, 자꾸 같은 기억이 변주되는 것을 보면서 나름 좌절했던 듯도 싶다.

언제부터인가, 나에겐 연애의 원형 같은 게 생겨났다.

누구를 만나도 자꾸 '그 사람'과 비교하게 되고,

무슨 일을 해도 자꾸 '그 관계의 기억'을 떠올리게 되고.

모든 관계는, 그 기억의 변주에 불과한 것 같은 그런.

난 끊임없이 새로움을 찾아 헤맸지만.

결국은 늘 비슷한 곳에서 맴돌고 있었는지도.

늘 같은 트라우마의 언저리를.

그러나 이제 와 생각해보면, 숱하게 변주되곤 했던 그 연애의 기억 덕분에 연애 초보였던 내가 조금씩이나마 나아지지 않았나 싶다. 그 원형은 나에게 가야할 바를 알려주기도 하고, 해서는 안 될 일을 경고해주기도 하고, '아, 사랑이 이토록 좋은 것이었군'이라고 환기시켜주기도 했다.

사랑의 기준을 가진다는 것은 생각보다 중요하다. 애초에 기준점이 50인지, 73인지는 중요하지 않다. 조금씩 배워가며 나아지는 것이 중요한 것이다. 만약 기준점이 50이었다고 하면, 순간 42가 되기도 하고 80이 되기도 하겠지만, 최종적으로 51로만 정리가 되어도 훌륭한 과정 아니겠는가. 나는, 인간은 진보한다고 믿는 사람이니까.

잘 기억나지 않았던 「연애시대」의 엔딩은, 시간이 흐른 뒤 그들이 어떻게 살고 있는지를 보여주고 있었다. 호주로 떠난 유경은 파란 눈의 젊은 외국인과 함께 잡지에 실린다. 지호와 준표(공형진 분)는 열심히 연애 중이고, 미연은 새로운 남자를 만나고 미연의 딸 은솔도 그에게 마음을 연다. (동진과 했던 것처럼) 함께 낚시하러 가자고 말하니까 말이다. 윤수는 이혼한 전 부인과 다시 잘될 것 같은 느낌이고, 시골길에서 차 바퀴가 펑크 나서 난감해하던 현중은 트랙터를 타고 가던 젊은 여자의 도움을 받고 그녀에게 마음이 끌린다. 우리의 주인공 은호와 동진은 귀여운 아이와 함께 놀이터에 있다. 은호는 벌써 둘째를 임신 중이다.

그러니까 그들은 모두 새롭게 사랑을 시작했거나 시작하려는 중이다. 나는 특히 현중의 모습이 기억에 남는다. 현중은 아마도 트랙터를 타고 가던 그녀와 사랑에 빠지겠지. 은호에게 그랬던 것처럼, 패기 있고 자신만만하게 그녀에게 돌진하겠지. 그녀를 보면서 은호를 자주 떠올리겠지만, 은호 때문에 새로운 사랑에 주저앉지는 않을 것이다. 아니, 오히려 이미 현중에게 연애의 원형이 되었을 은호와의 기억은 새로운 사랑을 시작하는 데 힘을 보태줄 것이다. 이미 한번 연애 교습을 받았으니까, 앞으로 또다시 겪어내야 할 감정들을 총정리했으니까, 많은 것을 겪고 느꼈으니까, 그래서 조금은 성장했으니까. 현중은 은호와의 '기준'에 비추어 비슷하지만 더 나은 연애를 시작할 수 있을 것이다. 미연도 마찬가지다. 미연은 새로 만난, 외모는 볼품없지만 성실해 보이는 이 남자에게서 동진을 본 것 같다. 그와 미연과 은솔은 함께 낚시를 떠나겠지. 새로운 낚시는 이미 동진과 함께 겪어낸 기억이지만, 또 다른 추억을 만들어줄 것이다.

그러니 결국 「연애시대」는 사랑은 다시 시작되며, '연애의 원형'에 비추어 조금씩이나마 더 나은 사랑을 할 수 있다는 희망에 대한 이야기가 아닐까. 사랑은 특정한 시간에, 특정한 대상에 고착되어 있는 것이 아니니까 말이다. 사랑의 기억은 그의 안에 있는 것이 아니라 내 안에 있는 것이니까. 사랑이 시작되면 내 눈 앞에 있는 것은 굳어버린 과거가 아니라 살아 숨 쉬는 그 누군가이기에. 상대방이 바뀌어도, 혹은 같은 상대라도, 사랑은 새롭게, 다시, 시작되는 것이다.

가슴속에 품고 있는 사랑의 기억, 머릿속에서 자꾸 되풀이되는 연애의 원형 덕분에 우리가 또 사랑을 시작할 수 있는 것이 아닐까 하는 생각이 든다. 연애의 원형이란 결국 사랑의 기억이므로. 좋았든지 나빴든지, 사랑했던 기억은 결국 아름답기 때문에, 다시 그 아름다움 속으로 뛰어 들어갈 수 있도록 힘을 실어주는 것이겠지. 더 낫게 사랑할 수 있도록, 나쁜 것은 반복되지 않도록, 다시 '연애'에 도전할 수 있도록. 한 번 해보았으니 두 번째는 더 잘할 수 있어, 하고 용기 낼 수 있게.

그래서 「연애시대」의 결말이 잘 떠오르지 않았는지도 모르겠다. 기억을 품은 채 다시 사랑을 시작하는 그들이었으므로. '이 사랑, 영원할 겁니다'라고 말하는 엔딩이 아니라, '지금 이 사랑은 끝날 수 있겠지만, 사람들은 결국 누군가와 다시 사랑을 시작할 수 있습니다'라고 말하는 엔딩이었기 때문이다.

그래서 드라마의 마지막에 흐르는 은호의 나레이션은 인상 깊다.

우리는 가끔 싸우기도 하고,
가끔은 격렬한 미움을 느끼기도 하고,
또 가끔은 지루해하기도 하고,
자주 상대를 불쌍히 여기며 살아간다.
시간이 또 지나 돌아보면 이때의 나는 나른한 졸음에 겨운 듯
염치없이 행복했다고 할 것이다.
그러나 여기가 내 시간의 끝이 아니기에
지금의 우리를 해피엔드라고 말할 수는 없다.

사흘만큼 허락된 사랑

「지붕 뚫고 하이킥」, 2009~10, MBC
극본: 이영철 외, 연출: 김병욱 외

　　나는 그가 좋았다. 선하게 웃는 얼
굴도 좋았고, 인생만사를 진지하게 바라
보는 자세도 맘에 들었고, 미술관에 가면 뭘 보아야 하는 거냐며, 그
림을 보는 법이 따로 있는 거냐며 담백하게 묻는 목소리의 울림도 좋
았다. 아니, 사실은 '그냥' 좋았다. 사람이 좋아지는 건 본래 이유가
없는 법이다. 그냥, 설렜다. 사랑에 빠졌다고 할 정도의 심각한 수준
은 아니었고, 그냥, 보면 가슴이 뛰고, 잘 보이고 싶고, 만나기 전에
거울이라도 몇 번 더 들여다보게 되고, 나도 모르게 긴장하고, 그렇

어쩌면
장밋빛일지도
몰라

게 그가 좋았다.

　그도 나와 비슷했으리라 생각한다. 그런 느낌은 대체로 상호적인 것이니까. 나를 보고 웃었으니까, 속이야기를 털어놓았으니까, 늦은 밤에 '보고 싶다'는 문자를 보낸 적이 있었으니까, 다음 만남을 예비하는 말('다음엔 영화 보러 가자'거나, '다음에 밥은 내가 살게' 같은)을 자주 했으니까. 그리고 이 모든 '근거들'을 넘어서, 그냥 알 수 있었다. 아, 저 사람도 나와 비슷한 느낌을 갖고 있구나, 하고.

　그리고 중요한 문제가 있었다.

　그와 나는, '좋아하면 안 되는 사이'였다. 세상에 얼마나 많은 '좋아하면 안 되는 이유들'이 존재하는지. 나이, 학벌, 애인(혹은 배우자)의 유무, 빈부격차, 부모님의 반대, 나쁜 궁합, 과거, 상처, 콤플렉스, 성격, 직업, 예정된 이별(유학, 전근 등), 종교…… 우리가 좋아하면 안 되는 이유 역시 이 숱한 조건들 사이 어딘가에 위치하고 있었다.

　그리고 그 이유 때문에, 우리는 주춤거렸다. 사회적으로 환영받지 못할 관계였으니 당연한 반응이었다. 문자를 보내기 전에 수도 없이 고민하며 말을 골랐고, 문자를 받으면 그 뒤에 숨어 있을지 모를 그의 고뇌 혹은 숨은 뜻을 찾으며 해석에 골몰했다. '나는 네가 좋은데, 너도 내가 좋을까?'라는 지극히 당연한 의문의 단서를 찾으며 비지땀을 흘렸다. 좋아하면 안 되는 사이였기 때문에, 불충분하고 간접적인 단서들, 끝없는 오역과 의역이 난무했다. 많이 보고 싶었지만,

보면 행복해서 나도 모르게 웃음이 비어져 나왔지만, 만나기 위해서는 적당한 이유를 찾고 만들어야 했다. 우리는 서로 잠재적인 애인조차 될 수 없었다. 우리 관계의 가능성을 애초부터 차단한 것은 다름 아닌 우리 자신이었지만, 가능성을 열어두고 뭔가 해보려고 바둥거렸다 해도 결말은 크게 다르지 않았을 거라 생각한다. 세상의 '좋아하면 안 되는 이유'들은 우리의 예상보다 훨씬 더, 견고하니까.

길지 않은 시간이었지만, 나는 지쳐갔다. '당신, 좋아해요' 혹은 '나, 좋아해요?'라고 물을 수 없는 사이, 꽁꽁 묶여서 어디로도 변화하거나 발전할 수 없는 사이. 당연하게, 그도 똑같이 지쳐갔으리라.

자연스럽게 우리는 그냥 '접었다'. 시작도 하기 전에 접는다는 것도 우습지만, 접는 것 말고 달리 무슨 방법이 있으랴 생각했다. 연락을 할 이유를 찾아내는 것도 한계가 있었다. 그에게 제안할 수 있는 미래가 없었다. 함께 손가락 걸 수 있는 약속이 없었다.

자주 웃었고, 많은 이야기를 했고, 가끔 서로 눈치를 보는 사이 눈치 없이 시간은 흘렀다. 그리고 마침내 우리는 자리에서 일어났다. 그날이 마지막이 될 줄, 어렴풋이 예감했을 수도 있었겠다. 머릿속에서 작게, 이제 다시는 그와 만날 수 없을지도 모른다는 생각이 들었던 것도 같다. 그것이 그 관계의 끝이었다.

그를 사랑했을까? 그건 아니었을 것이다. 시작도 하기 전에 차단된 관계가 '사랑'이라는 차원까지 발전할 수가 있겠는가. '좋아해서는 안 되는 이유' 때문에 더 좋아했다고 착각했을 수도 있다고 생각한다.

하지 말라면 더 하고 싶은 이상한 심리도 있으니까.

그러나 그 순간 '좋아하는 마음'이 분명히 존재했다는 사실, 그것만큼은 부인할 수 없는 것이었다. 그 마음이, 그 존재를 드러내지도 못하고, 그 마음이 향했던 그에게 보이지도 못하고, 심지어 그 마음의 주인인 나에게조차 인정받지 못하고, 그냥 접혀버린 것이다. 그래서 사랑은커녕 사랑 언저리까지도 가지 못한 우리 사이가 오래도록 내 가슴에 남았던 것일까. 오랫동안, '이제 그만 갈까' 하고 자리에서 일어서던 그의 체념 어린 말이, 잊히지 않았던 것일까.

「지붕 뚫고 하이킥」의 마지막 회가 방송되었을 때, 많은 논란이 있었다. 지훈(최다니엘 분)과 세경(신세경 분)이 교통사고로 죽는 마지막 장면. 이민을 떠나는 세경을 지훈이 공항까지 바래다주던 중에 난 사고였다. 매회 포복절도할 에피소드를 쏟아내며 큰 인기를 끌었던 시트콤에서 이렇게 비극적인 엔딩이라니, 사람들이 어떤 '배신감' 같은 것을 느꼈을 수도 있었겠다. 아니면, 애정을 보냈던 두 주인공 지훈과 세경이 예고도 없이 죽어버리고, 응원으로 지켜보았던 두 사람의 관계/사랑이 허무하게, 한순간에 끝나버리는 것에 대한 강렬한 부정이었을까. 그래서 2011년 인터넷의 어느 게시판 설문조사에서 「지붕 뚫고 하이킥」의 엔딩이 역대 최고의 '황당 결말'로 뽑히고, 하이킥 세 번째 시리즈 「짧은 다리의 역습」의 제작발표회에서 김병욱 PD가 "죄송하게 생각한다"며 사과까지 하는 상황이 연출되기도 했다.

그런데⋯⋯

나는 이 마지막 장면이 황당하지 않았다. 몹시 슬펐지만, 그래도 세경과 지훈에게는 행복한 결말이 아니었을까 생각했다. 더 솔직히 말하면, 이것이 가장 최상의, 아름다운 결말 아닐까, 하는 생각도 했다. 끝까지 아무 말도 못 하고, 아무 감정도 없는 척 '이제 그만 갈까' 하며 자리에서 일어났던 순간이 갑자기 떠올라버렸기 때문일까. 예전의 그 마음이, 이미 존재하고 있었음에도 어디서도 인정받지 못했던 그 '좋아하는 마음'이 기억나서. 아마도 숱하게 존재했을, 그 가여운 마음들이 생각나서. 지훈과 세경의 마지막 시간, 진실이 말해지고 전해지는 그 시간이, 있었지만 있다고 인정받지 못했던 그 마음들에 대한 어떤 위로처럼 느껴져서.

: **세경** : ⋯⋯정음 언니 만나시는 거⋯⋯ 잘되셨으면 좋겠어요, 두 분⋯⋯ 서울 올 때 맨 처음 만났던 사람이 아저씨였는데, 떠날 때 맨 마지막에 보는 사람도 아저씨네요⋯⋯ 실은 가기 전에 아저씨 꼭 보고 싶었는데⋯⋯ 이루어져서 너무 좋아요.

: **지훈** : 이민 갈 이유 안 갈 이유가 반반이라 그랬지? 가기로 결심한 이유가 뭐야? 아빠랑 셋이 사는 거?

: **세경** : 네⋯⋯ 그리고 신애한테 그게 더 좋을 거 같아서.

: **지훈** : 신애?

세경 : 언젠가부터 신애가 자꾸 저처럼 쪼그라드는 거 같아서요. 식탐 많던 애가 먹을 거 눈치 보고 아파도 병원 갈 돈 없을까봐 걱정하고…… 그게 마음이 아팠어요. 그래서…… 가난해도 신애가 자유롭게 뛰어놀 수 있는 곳으로 가고 싶었어요.

지훈 : ……안 가고 싶었던 이유는?

세경 : 검정고시 꼭 보고 싶어서. 그래서 대학도 가고. 아저씨 말대로 신분의 사다리를 한 칸이라도 올라가고 싶었어요. 그런데…… 언젠가 또 이런 생각이 들었어요. 제가 그 사다리를 죽기 살기로 올라가면 또 다른 누군가가 그 밑에 있겠구나…… 결국 못 올라갈 사람의 변명이지만…… 하지만…… 무엇보다 가장 가기 싫었던 이유는…… 아저씨였어요. 아저씨를 좋아했거든요. 너무 많이…… 처음이었어요, 그런 감정. 매일 아침 눈을 뜰 때마다 설레고, 밥을 해도 빨래를 해도 걸레질을 해도…… 그러다 문득 제 자신을 돌아보게 됐고…… 부끄럽고 비참했어요.

지훈 : ……미안하다. 내가 한 말들 때문에…… 너 상처 주려고 한 게 아니었는데……

세경 : 아니에요. 다 지난 일이고…… 전 괜찮아요. 그동안…… 제가 좀 컸어요. 누군가를 좋아하는 일의 끝이 꼭 그 사람과 이루어지지 않아도 좋다는 걸 이제 깨달았고…… 그래도…… 떠나기로 하고 좀…… 힘이 들긴 들었어요. 아저씨와 막상 헤어지면 보고 싶어서 못 견딜 거 같아서…… 그래도 마지막에 이런 순간이 오

네요. 아저씨한테 그동안 마음에 담아놓은 말들 꼭 마음껏 한번 하고 싶었는데. 이루어져서 행복해요. 앞으로 어떤 시간들이 기다리고 있을지 모르지만 늘 지금 이 순간처럼 행복했으면 좋겠어요…… 다 와가나요?

: **지훈**: ……응.

: **세경**: 아쉽네요…… 잠시 시간이 멈췄으면 좋겠어요.

: **지훈**: ……응?

: **세경**: 시간이…… 잠시 멈췄으면 좋겠어요.

세경의 마음이, 이미 존재하고 있었던 지훈을 향한 세경의 마음이 그 존재를 드러내는 순간이었다. 그 마음, 처음으로 상대를 향해 말해진 그 마음이 인정받는 순간이었다. 너무 많이 좋아했던 그 마음이 상대 앞에 보였던 바로 그 순간. 그래서 어쩌면, 세경과 지훈에게, 특히 세경에게는, 최고로 행복한 순간이 삶 속에 찾아온 것이므로. 앞으로 다가올 모든 시간이 지금 이 순간처럼 행복했으면 좋겠다고 말하는 세경이 진짜 많이 행복해 보였기 때문에. 살다 보면 그런 행복의 순간은 생각보다 그리 많지 않으니까.

만약 다시 한 번 내게 비슷한 상황이 온다면 어떻게 할까, 생각해 보았다.

어쩌면
장밋빛일지도
몰라

'좋아하면 안 되는 남자'가 또 좋아져버린다면, 그때 나는 어떻게 할까. 여전히, 세상에는 엄청나게 많은 '좋아하면 안 되는 이유들'이 존재하고, 나는 사랑 없이는 살 수 없는 보통의 인간이므로, 남은 내 인생에서 한번 정도는, '좋아하면 안 되는데 좋아져버리는' 상황이 생기지 않을까, 하는 단순한 예측에서 시도해보는 시뮬레이션.

이 시뮬레이션에서 나는, 우선, 이미 생겨나버린 감정을 존중할 것이다. 있는 것은 있다고 솔직하게 인정하고, 충분히 받아주겠다. 그래야만 진정으로 그 마음을 놓아줄 수 있을 테다.

그러고 나서, 그 마음을 위로해주는 짧은 시간을 나와 그 사람에게 선물할 것이다. 기왕 생겨버린 마음이니까, 그리고 그 어떤 경우라도, 사람이 사람을 좋아하는 일 자체가 죄가 될 수는 없는 일이라고 생각하므로, 우리가 살고 있는 일상, 우리 각자가 처해 있는 상황과 분리된, 이 마음에 충실하고 정직할 수 있는 시간 정도는 두 사람의 합의하에 가져도 되는 것이 아닐까 싶다.

"네가 좋아. 우리 사이에 좋아해서는 안 되는 이유가 존재한다는 것도 알아. 결국 우리의 끝은 정해져 있는 거겠지. 놓아주고, 행복을 빌어줄게. 다만, 지금 우리가 서로 갖고 있는 '좋아하는 마음'을 조금만 위로해주자."

이렇게 말하면 되지 않을까.

"그러니까, 우리, 딱 사흘만 갖자. 사흘 동안 충분히 그 마음을 들어주고 받아주고 보듬어준 다음에, 그다음에 흘려보내자."

보다 구체적으로는 이렇게.

　그렇게 우리가 갖게 될 '사흘간의 연애'가 어떤 모습을 띠게 될지는 모르겠다. 내내 전화만 할 수도 있고, 영화라도 함께 보러갈 수 있을지도 모르겠다. 살짝 손을 잡을 수도 있을 것이다. 창의력을 발휘한다면, 더 멋진 일을 함께할 수도 있을 것이다. 사흘 동안은 허용된 감정이기에, 물론 둘만의 비밀이 될 가능성이 높겠지만, 행복할 것이다. 좋은 추억들이 만들어질 것이다.

　그렇게 사흘간 그 마음에 충실한 후에, 우리는 편하게 그 마음을 놓아보낼 수 있으리라. 많은 심리학 서적에서 말하듯이 억눌린 감정들은 절대 사라지지 않는 법이다. 내 속 어딘가에 딱딱하게 굳어 나를 괴롭히는 트라우마가 된다. 착각하게 되거나 위험해질 수도 있다. 그러나 허락된 감정은 진심으로 흘려보낼 수 있다.

　어차피 안 된다면, 잠시 허용해주는 것이 뭐 그리 나쁠까. 고작 사흘의 시간조차 주어지지 않는다면, 그 마음들이 너무 가엾지 않은가. 생겨나버린 그 마음에 대한 최소한의 배려로서, 딱 사흘의 시간만 그 마음을 허락하자. 조금 더 행복하게 흘려보내기 위하여. 사람들 사이에 생겨나는 '좋아하는 마음들'에 대한 작은 위로와 존중으로서.

　가능할지 모르겠다. 하지만 가능하다고 믿고 싶다. 사람들 사이에서 발생하지 못할 감정이란 없으며, 그래서 우리는 감정을 존중하는 동시에 창의적으로 그것을 다루는 방법을 찾아야 할 권리와 의무

어쩌면
장밋빛일지도
몰라

가 있으니까. 그러니까.

사흘만, 딱 사흘만, 그 마음을 허락하자고.

결과적으로, 운명

「최고의 사랑」, 2011, MBC
극본: 홍정은·홍미란, 연출: 박홍균·이동윤

살다 보면 '도대체 내 인생은 왜
이 모양이야'라든지 '내 인생은 언제쯤 꽃이 피고 날
개를 달까' 싶은 생각이 큰 한숨과 함께 찾아들 때가 종종 있다. 그 답
답함과 스트레스의 해소책으로 내가 택한 것은, 부끄럽지만 고백하
자면, 점을 보는 것이었다.

점은, 평소 논리적이고 이성적인 사람이 되고자 하는 나의 자아
상에 배치되는 것이긴 했지만, 의외로 정신건강에 도움이 되기도 했
다. 간단하게 말해서 '당신은 운이 좋습니다'라는 점괘는 '그래, 나는

어쩌면
장밋빛일지도
몰라

운이 좋으니 열심히 하자'라는 파이팅의 정신을, '지금은 뭘 해도 안 되네요'라는 점괘는 '그래, 지금은 자중하며 때를 기다리자'라는 초월의 정신을 갖게 해주었다는 것이다. 점을 보라고 부추길 생각은 절대 없지만, 아무튼 나에게는 점이 어느 정도 위로의 역할을 해주었다는 얘기다.

특히 서른을 막 넘긴 시점은 참 힘들었다. 좋은 남자는 주위에서 씨가 말라버린 것 같고, 막상 연애가 시작된다 해도 즐겁게 지속되기 어려웠으며, 결국 하는 연애마다 판판이 깨지고, 깨지고 나면 도대체 내가 왜 그놈을 만났는지 나 스스로도 이해가 안 되는 상황이 반복되다 보니, '능력과 매력을 겸비한 커리어우먼'이라는 나의 자아 이미지는 폭탄 맞아 우르르 무너지기 직전이었다. 설상가상으로 나는 하늘이 점지해주신 '운명적 사랑'이 존재한다고 믿는 대책 없는 로맨티스트였다. 운명적 사랑. 이것이 21세기에 어울리기나 하는 단어인가. 그러니 하늘을 보고 "신이시여, 제 운명의 짝은 정녕 존재하고 있습니까!" 하고 소리라도 치고 싶은 심정이었던 것이다.

그리하여, 결국, 또, 여전히 나약한 자신을 부끄러워하며 찾아간 곳은 소위 '신(神)빨'이 최고조에 달했다는 무당이 있는 점집이었다. 동자신이 들렸다는 젊은 무당은 쿨한 말투로 나의 직장과 성격 등등을 읊은 뒤 물었다.

"또 궁금한 거 없어?"

(왜 '그분'은 당연하게 반말을 하시는지.)

"저…… 저는 언제쯤 제 짝을 만날까요?"

"서른 셋."

(단칼에 나온 '그분'의 대답.)

"아…… 그래요?"

"서른셋에 만나서 서른넷에 결혼해."

(이렇게 구체적으로?)

"저기…… 그럼 혹시, 제가 만약 서른셋에 나타난 그 남자를 놓치면, 제 인생에 더 이상 남자는 없나요?"

(아무리 생각해봐도 참 구차한 질문이었다. 하지만 '평생 남은 남자가 없을 수도 있다'는 것만큼 공포스러운 상상이 있겠는가. 그것도 갓 서른을 넘긴 팔팔한 처자한테 말이다.)

"해! 한다니까! 서른넷에 무조건 한다구!"

……더 이상 묻지 못했다. 서른넷에 무조건 한다니까, 뭐.

그러니, 서른셋이 되던 해에 '서른넷에 결혼할 남자'가 누구일까, 주위를 열심히 살폈다고 해서 나를 우습게 여기지는 마시길. 그렇게 단호한 점괘를 듣고 난 후라면 많은 이들이 그랬을 테니까.

결론부터 말하자면, 내 나이 서른넷이 되던 해는 내 연애에 있어 최악의 해였다. 나는 서른셋에 제대로 된 연애를 하지도 못했고, 서른넷에 결혼은 더더구나 못했다. '그분'이 그토록 자신만만하게 짚어주신 내 운명의 짝은 없었던 것이다.

어쩌면
장밋빛일지도
몰라

2011년 5월, 「최고의 사랑」이 왔다. 걸출한 배우 차승원이 연기한 독고진이 내 마음에 노크를 했다. 카리스마와 지질함을 동시에 겸비한 이 멋진 남자 덕분에 '닥본사'는 절대 하지 않는다는 신념을 가지고 있는 내가 '본방 사수'까지 해내는 기염을 토했다니까! 「최고의 사랑」이 방송되던 두 달 내내 나는, 독고진의 키스를 기다리는 구애정이었다.

잠시 「최고의 사랑」의 명장면, 마지막 회에서 독고진이 예능 프로그램을 통해 구애정(공효진 분)에 대한 사랑을 공표하던 장면을 리플레이해보자. (여러분 모두 잠시 멋진 그를 떠올리며 꺅~ 소리를 질러도 좋다. 이해한다.)

이상형 월드컵에서 독고진이 구애정을 최고의 이상형으로 꼽으며 "구애정씨가 제 이상형입니다. 이상형일 뿐만 아니라 현재 제가 사랑하고 있는 사람이 구애정씹니다"라고 말하자 김구라를 비롯한 MC들은 모두 어이없어한다.

그럼 두 사람이 연인 사이인 거냐고 재차 묻는 김구라에게 다시 말하는 독고진.

: **독고진**: 우리 두 사람은 연인 사이 맞습니다. 서로 사랑하고 있습니다.

김구라는 여전히 당황스러운 표정이지만 MC로서 본분을 잃지 않으며 그럼 구애정씨의 어디가 좋은 거냐고 묻는다. 그리고 이에 대한 독고진의 대답은 나를 비롯한 뭇 여성들의 심금을 울린다.

: **독고진** : 일단 예쁩니다. 비주얼 가수답게 몹시 예쁩니다. 최면에 걸린 것처럼 빠져들었고 고장 난 것처럼 제어가 안 됐습니다. 이대로 마지막이어도 좋겠다고 생각할 만큼 최곱니다. 구애정씨는 저, 독고진에게 찾아온 최고의 사랑입니다.

가히 운명적 사랑의 표본이 아니겠는가. 연예계에서 최고의 계급이라 할 톱스타와 가장 바닥에 있다고 할 만한 생계형 비호감 연예인이 서로에게 최고의 사랑이 되다니. 그런데 솟구치는 감동의 눈물을 억누르고 있을 때, 갑자기 떠오른 의문 하나.

─아니 근데, 쟤들은 언제부터 자기들이 서로 운명이라는 걸 안 거야?

첫 회, 많이들 기억하시겠지만, 그들은 주유소에서 마주쳤다. 구애정은 독고진을 보지 못했다. 독고진은 검게 선팅 된 밴 안에 있었으니까. 다른 사람의 시선을 의식하며 독고진의 밴에 기대 자기 차인 척하는 구애정에게 들려온 소리.

: **독고진** : 어딜 기대! 알짱거리지 말고 저리 비켜!

어쩌면
장밋빛일지도
몰라

구애정: 죄송합니다. 사람 있는 줄 모르고…… 차가 좋아서 구경 좀 하다가…… 죄송해요. 연예인이신가 봐요. 가수? 탤런트신가? 안녕하세요. 인사 좀 해요. 아니신가. 안녕하세……

독고진: (창으로 먹다 남은 커피가 담긴 종이컵을 내밀며) 이거나 갖다 버려!

구애정: (어이없지만) 제가 여기 직원은 아닌데…… 버려는 드릴게요. (그러다 커피를 쏟는다. 밴 안에서 물티슈가 삐죽 나오고, 애정은 물티슈를 받아 자기 옷을 닦는다)

독고진: 여기! 여기 닦으라고!

구애정: 네? 제가 아니라 차를 닦으라고요?

독고진: 네가 흘렸잖아. 더럽게!

구애정: 네? 네가? 지금 반말하신 거예요?

독고진: 알았어. 됐어. 됐으니까 그냥 가.

구애정: 뭐 이런 사람이 다 있어. 진짜 웃기는 아저씨야.

독고진: 아저씨?!

구애정: 아저씨 연예인이지, 그치? 저도 연예인이거든요. 얼굴 좀 봅시다. 네?

독고진: (창 안으로 애정의 손을 잡고 손바닥 위에 자기 사인을 한다) 그게 내 사인이야. 내가 누군지 알고 싶어? 맞춰~봐.

물론 우리는 이 지질한 첫 만남에도 불구하고 그들이 서로 운명이 될 것임을 알고 있긴 했다. 왜냐하면, 오래전 독고진이 심장 수술을 받던 중에 구애정이 리더로 있던 걸그룹 국보소녀의 노래「두근두근」이 흘러나왔음을 이미 보았기 때문이다. 이 운명적인 복선이라니. '당신들은 맺어지도록 예정되어 있습니다.' 기대감이 치솟았다.

그토록 단호한 점괘와 달리 서른셋에 남자를 만나지도 못하고 서른넷에 결혼을 하지도 못했지만, 나는 운명의 짝에 대한 믿음을 버릴 수가 없었다. 어디선가 그 운명의 짝이 나타난다면 내 몸과 마음이 바로 반응하리라고, 그가 수만 명의 군중 속에 섞여 있더라도 나는 그를 찾아낼 수 있으리라고 믿었다. 숱한 좌절과 실망에도 불구하고 운명적 사랑에 대한 희망을 포기하지 않고 '매의 눈'(운명을 발견하자마자 낚아채야 하므로)으로 '바로 그'를 기다리고 있던 그때, 그가 나타났다.

신기하게도 그와는 대화가 처음부터 참 잘 통했다. 말이 많은 남자는 아니었지만, '아' 하면 '아'라고 딱 알아듣고, '어' 하면 '어'라고 딱 알아듣는 것이 신통방통했다. 빨강을 말하는데 분홍으로 알아듣거나, A를 말했는데 A´로 이해하는 사소한 삐끗거림이 전혀 없었다. 본래 커뮤니케이션의 정확성을 지향하는 쌍둥이자리 인간인 나는 의사소통 과정에서 발생하는 사소한(?) 차이에 못내 괴로워하는 편이었다. 예를 들자면.

: 그: 우리 노래방 갈까요?

: 나: (우아하게 미소 지으며) 제가 노래를 듣는 건 좋아하지만 하는 건 싫어해서……

: 그: (다정하게) 그럼 노래는 제가 할게요. 당신은 듣기만 해요.

　내가 한 대사의 올바른 해석은 "저는 노래방 가는 것을 싫어합니다"이고, 거기에 대한 그의 올바른 리액션은 "지금 당신은 무엇을 하고 싶으신가요?"(상황 파악), 혹은 "그럼 극장에 갈까요?"(대안 제시)여야 했을 것이다. 아무튼 이런 상황은 내가 가장 못 견뎌하는 것 중 하나였고, 나는 그와 나 사이에 발생하는 완벽한 의사소통이 그저 놀라울 따름이었다.

　어? 어떻게 알았어요? 와…… 신기하다.

　어? 이렇게 말하는 사람 처음이에요. 와…… 신기하다.

　어? 나도 똑같이 생각했어요. 와…… 신기하다.

　그래서 우리는 운명이라고 생각해버렸다. 운명이 아니라면 이토록 신묘하게 의사소통이 이루어질 리가 없지. 그와의 관계가 일사천리로 가까워졌음은 물론이다.

　모든 이야기에는 '반전'이 있는 법인데, 그와의 관계도 마찬가지였다. 시간이 흐르면서 그는 나를 많이 놀라게 했다. 우리 사이의 텔레파시 같은 소통은 어느새 거짓말처럼 사라졌다. 그는 내 생각을 미리 읽지도 못했고, 내 예상대로 반응하지도 않았고, 나와는 아주 다른 생각을 하는 사람이었다. 나는 세상에 이렇게 나와 반대인 사람이 존재하고 있고 그 사람이 바로 그라는 사실이 그저 놀라울 따름이었다. 그렇다면, 그때 '너는 내 운명'이라고 믿게 만들었던 그 수많은 징후들은 다 무엇이었단 말인가?

그러고 나서 돌아보니 그 징후들은 그리 놀라운 것들이 아니었다. (징후라고 부르기도 무색한) 넓은 집에서 살고 싶은 것이야 많은 사람들의 보편적인 욕망일 터이고,

"어? 나도 넓은 집에서 살고 싶었어요. 최소한 화장실 두 개 있는 집이요. 와…… 신기하다."

같은 시간, 같은 자리에서 같은 풍경을 보고 있으니까 비슷한 생각을 할 수도 있는 거고,

"어? 나도 지금 그 영화 그 장면 생각했어요. 와…… 신기하다."

소녀시대의 태연은 워낙 인기가 많으니 그녀를 좋아하는 사람은 그와 나 말고도 엄청나게 많지 않겠는가.

"어? 태연 좋아해요? 나도 태연 좋아하는데. 와…… 신기하다."

그러니까 결국 우리는 서로 운명이고 싶었던 거다. 좋아하니까, 맘에 드니까 운명이라 믿고 싶었던 거고, 그러니 곳곳에서 운명의 증거들이 속출했던 거다. 즉, '운명'은 원인이 아니라 결과였던 것이다.

드라마가 끝나고 나니, 그들의 연애가 독고진의 심장 수술대 위에

어쩌면
장밋빛일지도
몰라

서 시작된 것은 아니라고 믿고 싶어졌다. 사실 진짜 사랑은 현실 속에서 싹트는 것이니까. 그러니 그들의 연애가 시작된 곳은 아마 주유소였을 것이다. 지독하게 현실적인 장소에서 '저 오만하고 독선적인 재수탱이는 누구야?'라고 구애정이 의식한 순간부터, '허락도 없이 내 차에 기대는 저 허접한 여자애는 누구야?'라고 독고진이 의식한 순간부터, 진짜 살아 있는 현실로서 상대가 내 마음속에 각인된 순간부터. 독고진의 수술을 집도한 의사는 매번 심장 수술을 할 때마다 응원가로서「두근두근」을 틀어두었다고 했다. '하늘이 점지하는 운명론'에 비추어 치사하게 따져보자면, 그 의사가 수술한 환자들은 모두 국보소녀 멤버들과 사랑에 빠졌어야 하는 것 아니냔 말이다.

그러니, '우리는 운명일까?'라고 고민할 필요는 없을 것이다. 운명은 원인이 아니라 결과니까. 운명이기 때문에 사랑이 이루어지는 것이 아니라, 사랑이 이루어졌기 때문에 운명이 되는 것이다. 그러므로 빤하지만 용감한 결론은 이렇다.

사랑이 하고 싶으면 사랑을 하라. 운명이 되고 싶으면 운명이 되라.

+ 사족:

그 뒤로도 용한 점집이라 소문난 곳에서 꽤 여러 번 점을 봤지만 내 사랑의 운명을 맞춘 곳은 한 군데도 없었다. 이는 내 운명은 내가 정하는 것이라는 증거일 테다. '결과적으로, 운명'이라는.

드라마가
그녀에게

NG 없이 살고 싶은 여자들의 드라마 인생 상담

초판 인쇄 2012년 12월 31일
초판 발행 2013년 1월 7일

지은이	이소연
펴낸이	정민영
책임편집	손희경
편집	박주희
디자인	문성미
일러스트	팡세나
마케팅	이숙재
제작처	한영문화사

펴낸곳	(주)아트북스
브랜드	**앨리스**
출판등록	2001년 5월 18일 제406-2003-057호
주소	413-756 경기도 파주시 문발동 파주출판도시 513-7 2층
대표전화	031-955-8888
문의전화	031-955-7977(편집부) 031-955-3578(마케팅)
팩스	031-955-8855
전자우편	artbooks21@naver.com
트위터	@artbooks21
홈페이지	www.artinlife.co.kr

ISBN 978-89-6196-126-4 03810

이 도서의 국립중앙도서관 출판시도서목록(CIP)은 e-CIP 홈페이지(http://www.nl.go.kr/ecip)와
국가자료공동목록시스템(http://www.nl.go.kr/kornet)에서 이용하실 수 있습니다.
(CIP제어번호 : CIP2012006018)